○ 全民阅读 · 经典小丛书 ○

笑林广记

[清] 游戏主人 —— 著
冯慧娟 —— 编

吉林出版集团股份有限公司

版权所有　侵权必究

图书在版编目（CIP）数据

笑林广记 /（清）游戏主人著；冯慧娟编 .—长春：吉林出版集团股份有限公司，2016.1（2024.1重印）
（全民阅读·经典小丛书）
ISBN 978-7-5534-9984-0

Ⅰ . ①笑… Ⅱ . ①游… ②冯… Ⅲ . ①笑话—作品集—中国—古代 Ⅳ . ① I276.8

中国版本图书馆 CIP 数据核字 (2016) 第 031616 号

XIAO LIN GUANG JI

笑林广记

作　　者：	［清］游戏主人　著　冯慧娟　编
出版策划：	崔文辉
选题策划：	冯子龙
责任编辑：	侯　帅
排　　版：	新华智品
出　　版：	吉林出版集团股份有限公司
	（长春市福祉大路 5788 号，邮政编码：130118）
发　　行：	吉林出版集团译文图书经营有限公司
	（http://shop34896900.taobao.com）
电　　话：	总编办 0431-81629909　　营销部 0431-81629880 / 81629881
印　　刷：	北京一鑫印务有限责任公司
开　　本：	640mm × 940mm 1/16
印　　张：	10
字　　数：	130 千字
版　　次：	2016 年 7 月第 1 版
印　　次：	2024 年 1 月第 3 次印刷
书　　号：	ISBN 978-7-5534-9984-0
定　　价：	39.80 元

印装错误请与承印厂联系　电话：18611383393

前言

《笑林广记》是一部流传久远,影响深广的通俗笑话总集,内含一千多个笑话,是我国笑话宝库中的一个旷世奇宝。在宋代就已问世,明、清两代广为流传,深受劳动人民喜爱。

《笑林广记》由游戏主人整编。其内容不是一人一世的创作,而是广大劳动者共同创作的产物,是劳动者智慧的结晶。从各个方面和角度真实地反映了社会和人们的生活,并在此基础上进行了艺术加工。在历代刻本中,以清代乾隆四十六年(1781)署名游戏主人纂辑的刻本为最佳。

《笑林广记》分有古艳、腐流、术业、形体、殊禀、闺风、世讳、僧道、贪吝、贫窭、讥刺、谬误十二卷,题材广泛,形式多样。它是人民群众用以抨击坏人,揭露黑暗,规劝和教育人们的一种艺术表现形式。它反映的生活内容都是人们所熟悉的,通过一个个笑话故事,生动再现了封建社会的民间风俗、人生情趣、世态炎凉、官场腐败等方面的现象。幽默是笑林的精髓,它加深了笑话的浓度,提高了笑话的价值;通俗是笑林的主旨,它通俗得真实、通俗得艺术,使《笑林广记》得以流传至今。

《笑林广记》，无论其内容，还是表现形式，作为民族文化遗产的一部分，都对人们产生过重要的影响，应该给予整理与弘扬。

"笑一笑，十年少"，愿《笑林广记》使君笑口常开。

编　者

目录

比职	○○一	想船家	○二二
贪官	○○二	咏钟诗	○二二
取金	○○二	歪诗	○二三
糊涂	○○三	老童生	○二四
偷牛	○○四	医官	○二五
属牛	○○四	锯箭竿	○二五
同僚	○○五	怨算命	○二六
垛子助阵	○○六	送药	○二六
送父上学	○○六	取名	○二七
考监	○○七	包活	○二八
坐监	○○七	僵蚕	○二八
书低	○○八	法家	○二九
自不识	○○九	相相	○三○
监生拜父	○○九	胡须像	○三○
斋戒库	○一○	讳输棋	○三一
附例	○一一	银匠偷	○三二
上任	○一二	利心重	○三二
不养子	○一二	有进益	○三三
僧士诘辩	○一三	裁缝	○三四
头场	○一三	不下剪	○三四
穷秀才	○一四	要尺	○三五
凑不起	○一四	待诏	○三五
四等亲家	○一五	三名斩	○三六
腹内全无	○一六	酒娘	○三六
兄弟延师	○一六	着醋	○三七
读破句	○一七	酸酒	○三八
赤壁赋	○一八	胡痢杀	○三八
于戏左读	○一九	抛锚	○三九
教法	○二○	稀胡子	○四○
梦周公	○二○	胡答嘲	○四○
挞徒	○二一	亲爷	○四一

笑林广记

目录

拔须去黑	〇四二	母猪肉	〇六〇
黄须	〇四二	买酱醋	〇六一
老面皮	〇四三	劈柴	〇六二
长卵叹气	〇四三	悟到	〇六二
扇坠	〇四四	较岁	〇六三
搁浅	〇四五	认鞋	〇六四
瞽笑	〇四五	杀妻	〇六四
被打	〇四六	籴米	〇六五
吃螺蛳	〇四六	呆算	〇六六
金漆盒	〇四七	代打	〇六六
问路	〇四七	七月儿	〇六七
乌云接日	〇四八	试试看	〇六八
鼻影作枣	〇四八	靠父膳	〇六八
虾酱	〇四九	觅凳脚	〇六九
拾蚂蚁	〇五〇	访麦价	〇六九
捡银包	〇五〇	卧睡	〇七〇
漂白眼	〇五一	懒活	〇七〇
聋耳	〇五一	白鼻猫	〇七一
呵欠	〇五二	露水桌	〇七二
火症	〇五三	衣软	〇七二
葡萄架倒	〇五三	看戏	〇七三
槌碎夜壶	〇五四	演戏	〇七四
手硬	〇五四	藏年	〇七四
呆郎	〇五五	鹰啄	〇七五
痴婿	〇五六	抢婚	〇七六
呆子	〇五七	两坦	〇七六
携冰水	〇五七	谢周公	〇七七
不道是你	〇五八	舌头甜	〇七七
丈母不该	〇五八	大话	〇七八
子守店	〇五九	日进	〇七八
活脱话	〇五九	开路神	〇七九

焦面鬼	……… 〇七九	驱蚊	……… 〇九八
咽糠	……… 〇八〇	谢符	……… 〇九九
望烟囱	……… 〇八〇	开当	……… 一〇〇
老白相	……… 〇八一	请神	……… 一〇一
件件熟	……… 〇八二	好放债	……… 一〇一
活千年	……… 〇八三	大东道	……… 一〇二
撞席	……… 〇八三	命穷	……… 一〇二
泥高壁	……… 〇八四	兄弟种田	……… 一〇三
争座	……… 〇八四	合伙做酒	……… 一〇四
婢子	……… 〇八五	翻脸	……… 一〇四
屁股痛	……… 〇八五	画像	……… 一〇五
梦里梦	……… 〇八六	许日子	……… 一〇五
年倒缩	……… 〇八六	携灯	……… 一〇六
追度牒	……… 〇八七	不留客	……… 一〇七
掠缘簿	……… 〇八八	不留饭	……… 一〇七
鬼王撒尿	……… 〇八九	吃人	……… 一〇八
发往丰都	……… 〇八九	悭吝	……… 一〇八
忏悔	……… 〇九〇	卖粉孩	……… 一〇九
追荐	……… 〇九〇	独管裤	……… 一一〇
哭响屁	……… 〇九一	莫想出头	……… 一一〇
闻香袋	……… 〇九二	一毛不拔	……… 一一一
桩粪	……… 〇九二	粪鸡	……… 一一二
上下光	……… 〇九三	恶神	……… 一一二
卖字	……… 〇九三	一味足矣	……… 一一三
没骨头	……… 〇九四	卖肉忌赊	……… 一一四
倒挂	……… 〇九五	白伺候	……… 一一五
僧浴	……… 〇九六	梦戏酌	……… 一一五
问秃	……… 〇九六	梦美酒	……… 一一六
当真取笑	……… 〇九七	截酒杯	……… 一一六
道士狗养	……… 〇九七	切薄肉	……… 一一七
跳墙	……… 〇九八	满盘多是	……… 一一七

目录

不见肉 …………… 一一八	搬是非 …………… 一三三
啖馄饨 …………… 一一八	丈人 …………… 一三四
好古董 …………… 一一九	大爷 …………… 一三四
不奉富 …………… 一二〇	苏杭同席 …………… 一三五
穷十万 …………… 一二〇	狗衔锭 …………… 一三六
失火 …………… 一二一	不停当 …………… 一三六
唤茶 …………… 一二一	十只脚 …………… 一三七
留茶 …………… 一二二	有钱夸口 …………… 一三八
怕狗 …………… 一二三	古今三绝 …………… 一三八
鞋袜讦讼 …………… 一二三	猫逐鼠 …………… 一三九
被屑挂须 …………… 一二四	祝寿 …………… 一四〇
烧黄熟 …………… 一二四	心狠 …………… 一四〇
拉银会 …………… 一二五	嘲恶毒 …………… 一四一
剩石沙 …………… 一二五	笑话一担 …………… 一四一
饭粘扇 …………… 一二六	取笑 …………… 一四二
借服 …………… 一二六	吃橄榄 …………… 一四三
酒瓮盛米 …………… 一二七	避首席 …………… 一四四
遇偷 …………… 一二八	看镜 …………… 一四四
羞见贼 …………… 一二八	谢赏 …………… 一四五
借债 …………… 一二九	不识货 …………… 一四六
变爷 …………… 一二九	外太公 …………… 一四七
梦还债 …………… 一三〇	床榻 …………… 一四七
坐椅子 …………… 一三〇	出丑 …………… 一四八
扛欠户 …………… 一三一	整嫂裙 …………… 一四九
拘债精 …………… 一三二	戏嫂臂 …………… 一四九
摆海干 …………… 一三二	

比 职

【原文】

甲乙俩同年初中。甲选馆职,乙授县令。甲一日乃对乙语曰:"吾位列清华,身依宸禁,与年兄做有司者,资格悬殊。他事不论,即拜客用大字帖儿,身份体面,何啻天渊。"乙曰:"你帖上能用几字,岂如我告示中的字,不更大许多?晓谕通衢,百姓无不禀遵恪守,年兄却无用处。"甲曰:"然则金瓜黄盖,显赫炫耀,兄可有否?"乙曰:"弟牌棍清道,列满街衢,何止多兄数倍?"甲曰:"太史图章,名标上苑,年兄能无羡慕乎?"乙曰:"弟有朝廷印信,生杀之权,悟吾操纵,视年兄身居冷曹,图章私刻,谁来惧你?"甲不觉词遁,乃曰:"总之翰林身价值千金。"乙笑曰:"吾坐堂时百姓口称青天爷爷,岂仅千金而已耶!"

【译文】

甲乙两人同一年考中举人,甲被选到翰林院任职,乙被任命为县令。有一天,甲傲慢地对乙说:"我官位阶高显贵,身居朝廷,与老兄做地方官相比,身价上差得很悬殊。别的事且不论,仅拜客用的名帖就显出我的身份极为体面,和你简直有天壤之别。"乙说:"你的名帖能用几个字,怎能赶得上我告示中的字,难道不比你的字作用大了许多?告示让各地皆知,百姓无不禀遵恪守,但老兄的名帖却毫无用处。"甲说:"那么出行时我有黄伞和

卫士护卫，十分显赫炫耀，老兄你可有吗？"乙说："小弟我出门时，有持牌棍的人清道，队伍挤满大街小巷，何止多老兄数倍？"甲说："我有太史官的印章，标有上苑字样，难道你不羡慕吗？"乙说："小弟我有朝廷授给的官印，生杀大权，归我操纵，看你身居冷官闲职，有了图章也是没有用处，谁怕你呢？"甲不由得词穷，于是说："总之翰林的身价值千金。"乙讥笑道："我坐堂理事时，老百姓都喊我青天大老爷，难道不远远超过千金吗！"

贪 官

【原文】

有农夫种茄不活，求计于老圃。圃曰："此不难，每茄树下埋钱一文即活。"问其故，答曰："有钱者生，无钱者死。"

【译文】

有个农夫栽种茄苗不活，向老菜农讨求栽种茄苗的方法。菜农说："这不难，只要在每棵茄苗下埋上一文钱就能够活。"农夫问这是为何，菜农回答说："有钱者生，无钱者死。"

取 金

【原文】

一官出朱票，取赤金二锭，铺户送讫，当堂领价。官问："价值几何？"铺家曰："平价该若干，今系老爷取用,只领半价可也。"官顾左右曰:"这等,发一锭还他。"发金后,铺户仍候领价。官曰:"价已发过了。"铺家曰:"并未曾发。"官怒曰:"刁奴才,你说只领半价,故发一锭还你,抵了一半价钱,本县不曾亏你,如何胡缠?快撑出去!"

【译文】

有个官员要买两锭赤金,金店的人送到后,当堂等着拿钱。官员问:"多少钱?"金店的人说:"通常的价钱应是若干,现在是您用,只收取一半的价钱就行了。"官员瞅瞅周围的人说:"这样的话,退还给他一锭金子。"退还一锭金子后,金店的人仍然等候着领钱。官员说:"钱已经给过了。"金店的人说:"并没有给呀!"官员十分恼怒,说:"刁奴才,你说只收半价,因此退还一锭金子给你,抵偿了那一半价钱,我没有亏你,为什么还胡搅蛮缠?快点撑出去!"

糊 涂

【原文】

一青盲人涉讼,自诉眼瞎。官曰:"你明明一双清白眼,如何诈瞎?"答曰:"老爷看小人是清白的,小人看老爷却是糊涂得紧。"

【译文】

有个患青盲眼的人被牵连到官司里,该人争辩说自己眼瞎。官员说:"你的一双眼睛青白分明,为什么假装瞎子?"那个人回答说:"您看我是清白的,我看您却是糊涂得很哩!"

偷 牛

【原文】

　　有失牛而诉于官者,官问曰:"几时偷去的?"答曰:"老爷,明日没有的。"吏在旁不觉失笑。官怒曰:"想就是你偷了。"吏洒两袖曰:"任凭老爷搜。"

【译文】

　　有个人丢了牛,上诉到官府。官员问他说:"什么时候丢的?"那个人回答说:"老爷,是明天没有的。"旁边的一个差役听后忍不住笑出声来。官员大怒说:"想必就是你偷的了。"差役甩动两只袖子说:"任凭老爷您搜查。"

属 牛

【原文】

　　一官遇生辰,吏典闻其属鼠,乃醵黄金铸一鼠为寿,官甚喜曰:"汝等可知奶奶生辰亦在目下乎?"众吏曰:"不知,请问其属?"官曰:"小我一岁,丑年生的。"

【译文】

　　有个官员过生日，典吏官员们听说他属鼠，便凑集黄金铸成一只金老鼠，献给官员为之祝寿。官员十分欢喜，说："你们是否知道我太太的生日也在近日？"众官吏回答说："不知道，请问她属什么？"官员说："她比我小一岁，属牛。"

同　僚

【原文】

　　有妻妾各居者，一日妾欲谒妻，谋之于夫，当如何写帖。夫曰："该用'寅弟'二字。"妾问其义如何，夫曰："同僚写帖，皆用此称呼，做官府之例耳。"妾曰："我辈并无官职，如何亦写此帖？"夫曰："官职虽无，同僚总是一样。"

【译文】

　　有个人妻妾分居。某日妾打算拜见妻，与丈夫商量应怎样写帖子，丈夫说："该用'寅弟'二字。"妾问为什么要这样写，丈夫说："在一起做官的人写帖子，都用这样的称呼，这是官场的惯例。"妾说："我们并没有官职，为什么也写这样的帖子？"丈夫说："你们虽然没有官职，但是同僚的身份总该是没错的。"

垛子助阵

【原文】

一武官出征将败，忽有神兵助阵，反大胜。官叩头请神姓名，神曰："我是垛子。"官曰："小将何德，敢劳垛子尊神见救。"答曰："感汝平昔在教场从不曾伤我一箭。"

【译文】

一个武官出征作战，眼看就要失败，忽然遇有神兵助阵，反而大获全胜。武官磕头请问神的姓名，神说："我是箭靶神。"武官说："小将我有什么功德，竟敢劳驾箭靶尊神前来救助？"箭靶神回答说："我是感谢你过去在练武场上，从来没有伤过我一箭。"

送父上学

【原文】

一人问公子与封君孰乐，答曰："做封君虽乐，齿已衰矣，唯公子年少最乐。"其人急趋而去，追问其故，答曰："买了书，好送家父去上学。"

【译文】

有个人问："做公子与做受封的贵族哪一个令人高兴？"另一个人回答说："做受封的贵族虽然高兴，但年高衰老了，只有做公子年岁小才是最高兴的。"问话的人急忙跑走，那人追问他跑的原因，回答说："买了书，好送我的父亲去上学。"

考 监

【原文】

一监生过国学门,闻祭酒方盛怒两生而治之,问门上人者,然则打欤?罚欤?徽锁欤?答曰:"出题考文。"生即哧然,曰:"咦,罪不至此。"

【译文】

有个监生经过京都官办的学校,听到祭酒(官员)正发怒要惩处两个书生,便向学堂的人询问:"是要打,是要罚,还是要囚禁起来?"学堂的人说:"出个题目让其作文。"监生立刻嚷道:"咦,惩处不应达到如此地步!"

坐 监

【原文】

一监生妻屡劝其夫读书,因假寓中寺中,素无书箱,乃唤脚夫以箩担挑书先往,脚夫中途疲甚,身坐担上,适生至,闻旁人语所坐《通鉴》,因怒责脚夫,夫谢罪曰:"小人因为不识字,一时坐了鉴(监),弗怪弗怪。"

【译文】

　　有个监生的妻子多次劝其丈夫读书,由于借住在寺庙里,平时没有书箱, 于是唤脚夫用箩担挑书先去。脚夫走到途中很劳累,便坐在担子上,正好监生赶到,听邻近的人说脚夫坐在《通鉴》上,于是大怒,责备脚夫,脚夫道歉说:"我因为不识字,一时坐了鉴(监),不要怪我,不要怪我。"

书　低

【原文】

　　一生赁僧房读书,每日游玩,午后归房。呼童取书来,童持《文选》,视之曰低;持《汉书》,视之曰低;又持《史记》,视之曰低。僧大诧曰:"此三书熟其一,足称饱学,俱云低何也?"生曰:"我要睡,取书作枕头耳。"

【译文】

　　有个书生租借和尚的房子读书,天天游玩,直到每天午时(下午一时到三时)以后才回来。有一天回来时招呼仆人拿书来,仆人拿来《文选》,书生看后说低,又拿来《汉书》,书生看后说低,仆人又拿来《史记》,书生仍然说低。和尚听后十分惊诧,说:"这三种书精通一种,足可以称其为学问高深,你全都说低是为什么?"书生回答:"我要睡觉,只是拿书做枕头罢了。"

自不识

【原文】

有监生穿大衣,戴圆帽,于着衣镜中自照,得意甚,指谓妻曰:"你看镜中是何人?"妻曰:"臭乌龟,亏你做了监生,连自(字同)都不识。"

【译文】

有个监生穿大衣,戴圆帽,在穿衣镜中照看自己,极为得意,指着镜子对妻子说:"你看镜中是何人?"妻子说:"臭乌龟,亏你做了监生,连自己(字)都不认识。"

监生拜父

【原文】

一人援例入监,吩咐家人备帖拜老相公。仆曰:"父子如何用帖,恐被人谈论。"生曰:"不然,今日进身之始,他客俱拜,焉有亲父不拜之理。"仆问:"用何称呼?"生沉吟曰:"写个'眷侍教生'罢。"父见,怒责之,生曰:"称呼斟酌切当,你自不解。父子一本至亲,故下一眷字;侍者,父坐子立也;教者,从幼延师教训;生者,父母生我也。"父怒转盛,责其不通。生谓仆曰:"想是嫌我太妄了,你去另换个晚生帖儿来罢。"

【译文】

　　有个人当了监生后,吩咐仆人准备帖子拜老父亲。仆人说:"父子怎能用帖呢,恐怕会被别人谈论。"监生说:"你说的不对,我刚刚当官,其他客都拜,哪有亲生父亲不拜之理?"仆人问:"用什么称呼呢?"监生沉思道:"写个'眷侍教生'吧。"监生的父亲看到帖子,十分恼怒。监生对父亲说:"称呼斟酌贴切适当,你自己没领会。父子本是至亲,故用一'眷'字;'侍'字,是父坐子立之意;'教'字,是从小请师教训之意;'生'字是父母生我之意。"父亲听了监生的辩白,更加恼羞成怒,指责其不通。监生对仆人说:"想必是父亲嫌我太傲慢了,你去换个晚生帖儿来吧!"

斋戒库

【原文】

　　一监生姓齐,家资甚富,但不识字。一日府尊出票,取鸡二只,兔一只。皂亦不识字,央齐监生看。生曰:"讨鸡二只,兔一只。"皂只买一鸡回话。太守怒曰:"票上取鸡二只,兔一只,为何只缴一鸡?"皂以监生事禀。太守遂拘监生来问,时太守适有公干,暂将监生收入斋戒库内候究。生入库,见碑上斋戒二字,认做他父亲齐成姓名,张目惊诧呜咽不止。人问何故,答曰:"先人灵座,何人设建在此,睹物伤情,焉得不哭。"

【译文】

　　有个监生姓齐,家资甚富,但不识字。一天,知府大人开列单子,要鸡二只,兔一只。差役也不识字,便恳求姓齐的监生看。监生念道:"讨鸡二只,兔一只。"差役只买一只鸡回来,太守生气地说:"叫你买二只鸡,一只兔,为什么只买一只鸡?"差役禀报监生念的话。太守于是拘拿监生到堂责问。正巧太守遇有公事要做,便临时将监生收入斋戒库内等候查究。监生进入库内,见碑上"斋戒"二字,误认成他父亲"齐戒"的姓名,惊诧得瞪大眼睛呜咽不停。别人问他为什么哭,监生回答说:"先人灵座,不知谁将其建立在此,睹物伤情,怎能不哭。"

附　例

【原文】

　　一秀才畏考援例。堂试之日,至晚不能成篇,乃大书卷面曰:"惟其如此,所以如此。若要如此,何苦如此。"官见而笑曰:"写得此四句出,毕竟还是个附例。"

【译文】

　　有个秀才畏惧规定的考试。堂试那天,到了最后也做不出文章,于是在试卷上写道:"唯其如此,所以如此。若要如此,何苦如此。"考官看后笑道:"能写得出这四句,终归还算不上白痴。"

上 任

【原文】

岁贡选教职,初上任,其妻进衙,不觉放声大哭。夫惊问之,妻曰:"我巴得你到今日,只道出了学门,谁知反进了学门。"

【译文】

有个贡生被选为衙内教书先生,刚上任,他的妻子便闯进衙内,放声大哭起来。丈夫十分吃惊,问妻子为何大哭,妻子回答说:"我好不容易盼你到今天,总算出了学门,谁知又进了学门。"

不养子

【原文】

一士夫子孙繁衍,而同僚有无子者,乃骄语之曰:"尔没力量,儿子也养不出一个。像我子孙多,何等热闹。"同僚答曰:"其子尔力也,其孙非尔力也。"

【译文】

甲子孙很多,而同僚中的乙没有孩子,于是甲傲慢地对乙说:"你没力量,儿子也养不出一个。像我这么多子多孙,有多么热闹。"乙说:"你的儿子是你的力量,而你的孙子却不是你的力量。"

僧士诘辩

【原文】

　　秀才诘问和尚曰："你们经典内'南无'二字，只应念本音，为何念作'那摩'？"僧亦回问云："相公四书上'于戏'二字，为何亦读作'呜呼'？如今相公若读'于戏'，小僧就念'南无'；相公若是'呜呼'，小僧自然'那摩'。"

【译文】

　　秀才责问和尚说："你们经典内'南无'二字，只应该念作本音，为什么念作'那摩'？"和尚也反问说："四书上'于戏'二字，为何也读作'呜呼'？现今你如果读成'于戏'，我就念'南无'；你如果念成'呜呼'，我自然念成'那摩'。"

头　场

【原文】

　　玉帝生日，群仙毕贺。东方朔后至，见寿星徬徨门外，问之，曰："有告示贴出，不放我进。"又问："何故贴出？"答曰："怪我头长（同"场"）。"

【译文】

玉皇大帝过生日,众仙全部去祝寿。东方朔后到,看见寿星老人在门外徘徊,就问为何不进去,寿星说:"有告示贴出,不放我进去。"东方朔又问:"为什么贴告示?"寿星说:"怪我头长(场)。"

穷秀才

【原文】

有初死见冥王者,王谓其生前受用太过,判来生去做一秀才,与以五子。鬼吏禀曰:"此人罪重,不应如此善遣。"王笑曰:"正惟罪重,我要处他一个穷秀才,把他许多儿子活活累杀他罢了。"

【译文】

有个刚死去见冥王的人,冥王说他生前受用太过,判他来生去做一名秀才并生养五个儿子。鬼吏禀报说:"此人罪重,不该对其行如此善道。"冥王笑着说:"正因为其罪重,我要判他来生做个穷秀才,让他有许多儿子,活活累死他。"

凑不起

【原文】

一士子赴试,难于构思。诸生随牌俱出,接考者候久,甲仆问乙仆曰:"不知作文一篇,约有多少字？"乙曰："想来不过五六百。"甲曰："五六百字，难道胸中便没有了，此时还不出来？"乙曰："五六百字虽有在肚中，只是一时凑不起来耳！"

【译文】

　　有个人应考，深感构思艰难，始终不能成篇。许多考生都出了考场，接考的人等候他已有很长时间，甲仆问乙仆说："不知道作一篇文章，大约用多少字？"乙回答说："大概不超过五六百。"甲说："五六百字，难道肚里还没有？为何此时还不出来？"乙回答说："肚里虽然有五六百字，只是一时凑不起来呀！"

四等亲家

【原文】

　　两秀才同时四等，于受责时曾识一面。后联姻，会亲日相见，男亲家曰："尊容曾在何处会过来？"女亲家曰："便是有些面善，一时想不起。"各沉吟间，忽然同悟，男亲家点头曰："嘎！"女亲家亦点头曰："嘎！"

【译文】

　　两个秀才同时考取四等，在受罚时曾见一面。后联姻，在会亲日相见。男亲家说："曾在什么地方会过面？"女亲家说："确实有些面熟，一时想不起。"两人沉思回忆，忽然同时想起来了，男亲家点头道："啊！"女亲家也点头道："啊！"

腹内全无

【原文】

一秀才将试,日夜忧闷不已。妻乃慰之曰:"看你作文如此之难,好似奴生产一般。"夫曰:"还是你每生子容易。"妻曰:"怎见得?"夫曰:"你是有在肚里的,我是没在肚里的。"

【译文】

有个秀才考试临近,日夜忧闷不已。妻子安慰他说:"看你作文如此困难,好像我生孩子一样。"秀才说:"还是你每次生孩子容易。"妻子说:"怎么看得出?"秀才说:"你肚子里是有的,而我肚子里却是没有的。"

兄弟延师

【原文】

有兄弟两人,共延一师,分班供给。每交班,必互嫌师瘦,怪供给之不丰。于是兄弟相约,师轮至日,即称斤两以为交班肥瘦之验。一日弟将交师于兄,乃令师饱食而去。既上秤,师偶撒一屁,乃咎之曰:"秤上买卖,岂可轻易撒出,原替我吃了下去。"

【译文】

　　有兄弟二人，请了一个教书先生，膳食轮流供给。每次轮换时，兄弟两人都嫌教书先生体瘦，责怪对方膳食不好。于是兄弟俩约定，等到轮换之日，用秤称一下教书先生的体重作为轮换时肥瘦的凭证。一天，弟弟欲将教书先生交给哥哥，于是让教书先生饱食后再去称量。到了称体重的时候，教书先生碰巧放了一个屁，弟弟立即责怪说："秤上买卖，岂可轻易放出，快替我吃了下去。"

读破句

【原文】

　　庸师惯读破句，又念白字。一日训徒，教《大学·序》，念云："大学之，书古之，大学所以教人之。"主人知觉，怒而逐之。复被一官延请入幕，官不识律令，每事询之馆师。一日巡捕拿一盗钟者至，官问何以治之，师曰："夫子之道（盗）忠（钟），恕而已矣。"官遂释放。又一日，获一盗席者至，官又问，师曰："朝闻道（盗）夕（席），死可矣。"官即将盗席者立毙杖下。适冥王私行，察访得实，即命鬼判拿来痛骂曰："不通的畜生，你骗人馆谷，误人子弟，其罪不小，谪往轮回去变猪狗。"师再三哀告曰："做猪狗固不敢辞，但猪要判生南方，狗乞做一母狗。"王问何故，答曰："南方之猪强与北方之猪。"又问母狗为何，答曰："曲礼云：'临财母狗（毋苟）得，临难母狗（毋苟）免。'"

【译文】

有个不高明的教书先生，经常断错句子，又爱念白字。有一天训导学生，教《大学·序》，念道："大学之，书古之，大学所以教人之。"主人听出错误，十分恼怒，赶走了他。教书先生又被一官员聘为幕僚，官员不懂律令，每当遇事便询问教书先生。有一天巡捕捉到一个盗钟人，官员问他怎么处置，教书先生说："夫子之盗钟，恕而已矣（应是'夫子之道，忠恕而已矣'）。"官员于是释放了盗钟的人。又一天，捕获到一个盗席子的，官员又向其询问，教书先生说："朝闻盗席，死可矣（应是'朝闻道，夕死可矣'）。"官员立即将盗席子的人打死。正赶

上冥王私访，察知此事，马上派鬼卒将教书先生捉来痛骂道："不通的畜生，你骗人钱粮，误人子弟，其罪过不小，转世时，去变为猪狗。"教书先生再三哀求说："做猪狗固然不敢推辞，但求变猪要判生在南方，变狗乞求做一只母狗。"冥王问他为什么这样要求，教书先生答道："南方之猪强与北方之猪。"冥王又问为何要托生母狗，教书先生答道："曲礼云：'临财母狗得，临难母狗免（应是"临财毋苟得，临难毋苟免"）'。"

赤 壁 赋

【原文】

庸师惯读别字，一夜与徒讲论前后赤壁两赋，竟念赋字为贼字，适有偷儿潜伺窗外，师乃朗诵

大言曰："这前面《赤壁贼》呀。"贼大惊，因思前面既觉，不若往房后穿窬而入。时已夜深，师已讲完，往后房就寝，既上床复与徒论及后面《赤壁赋》。亦如前读，偷儿在外叹息曰："我前后行藏悉被此人识破，人家请这样先生，看家狗都不消养得了！"

【译文】

有个平庸的教书先生好读别字，一天晚上，为学生讲授《前后赤壁赋》，竟把"赋"字念成"贼"字，正巧有个小偷潜藏在窗外，教书先生高声朗诵道："这前面赤壁贼呀。"小偷十分惊慌，心想房前已被人察觉，不如到房后穿越而入。此时夜已深，教书先生已经讲完，到后房就寝，上床后又与学生讨论后《赤壁赋》，又如前面读成"赤壁贼"，小偷在房外听后叹息道："我前后行踪都被此人识破，人家请了这样的先生，看家狗都不需要养了！"

于戏左读

【原文】

有蒙训者，首教《大学》，至"于戏前王不忘"句，竟如字读之。主曰："误矣，宜读作呜呼。"师从之。至冬间读《论语》注：傩虽古礼而近于戏，乃读作呜呼。主人曰："又误矣，此乃于戏也。"师大怒，诉其友曰："这东家甚难理会，只'于戏'两字，从年头直与我拗到年尾。"

【译文】

　　有个启蒙先生,先教《大学》篇,讲到"于戏前王不忘"一句,竟然按字读音。主人说:"错了,应读成'呜呼'。"教书先生听从了主人的意见。到了冬天,读《论语》 注"傩虽古礼而近于戏",教书先生把"于戏"读作"呜呼"。主人说:"又错了,此处应读成'于戏'。"教书先生十分恼怒,向其朋友诉说道:"这东家真难伺候,光是'于戏'两字,从年初一直跟我拗到年末。"

教　法

【原文】

　　主人怪师不善教,师曰:"汝欲我与令郎俱死耶!"主人不解,师曰:"我教法已尽矣。只除非要我钻在令郎肚里去,我便闷杀,令郎便胀杀。"

【译文】

　　主人责怪教书先生教导无方,先生回答说:"你这是打算让我和你的儿子在一起死呀!"主人不解其意。先生说:"我教法已尽了,除非要我钻到你儿子的肚子里边去,我便闷死,你儿子便胀死。"

梦　周　公

【原文】

　　一师昼寝,而不容学生瞌睡,学生诘之,

师谬言曰："我乃梦周公。"明昼，其徒亦效之，师以戒方击醒曰："汝何得如此？"徒曰："亦往见周公耳。"师曰："周公何语？"答曰："周公说，昨日并不曾会见尊师。"

【译文】

有个教书先生白天睡觉，却不允许学生瞌睡。学生反问先生为何白天睡觉，先生哄骗道："我是梦周公。"第二天白天，其弟子也仿效先生白天睡觉，先生用戒尺击醒学生说："你为何这样？"弟子说："我也去见周公。"先生说："周公说了什么？"弟子回答说："周公说昨天不曾会见尊师。"

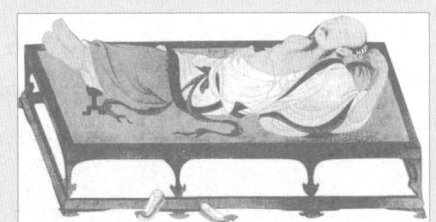

挞徒

【原文】

馆中二徒，一聪俊，一呆笨。师出夜课，适庭中栽有梅树，即指曰："老梅。"一徒见盆内种柏，应声曰："小柏。"师曰："善！"又命一徒可对好些，徒曰："阿爹。"师以其对得胡说，怒挞其首，徒哭曰："他小柏（伯）不打，倒来打阿爹。"

【译文】

有个先生教两个学生，一个学生聪明，一个学生呆笨。晚上先生教课，正巧庭院中栽有梅树，于是指着说："老梅。"一个学生见到盆中种柏，应声答道："小柏。"先生说："对得好！"先生又让另一个学生对，学生应对道："阿爹。"先生因其胡乱对，怒打其头，学生哭着说："先生不打他'小伯'，反倒来打'阿爹'。"

想 船 家

【原文】

教书先生解馆归，妻偶谈及"喷嚏鼻子痒，有人背地想。"夫曰："我在学堂内也常常打嚏的。"妻曰："就是我在家想你了。"及开年仍赴东家馆，别妻登舟，船家被初出太阳搐鼻，连打数嚏，师顿足曰："不好了，我才出得门，这婆娘就在那里想着船家了！"

【译文】

有个教书先生解职回来，妻子偶然谈及："如果打喷嚏时鼻子痒了，是因为有人想。"丈夫说："我在学堂内也常常打喷嚏的。"妻子说："那是我在家想你了。"等到第二年，先生仍外出教书别妻登船，摆船人被刚出来的太阳刺激了鼻子，接连打了数个喷嚏，先生跺脚说："不好了，我才刚刚出门，这婆娘就在那里想摆船人了！"

咏 钟 诗

【原文】

有四人自负能诗。一日同游寺中，见殿角悬

钟一口,各人诗兴勃然,遂联句一首。其一曰:"寺里一口钟,"次句云:"本质原是铜,"三曰:"覆转像只碗,"四曰:"敲来嗡嗡嗡。"吟毕,互相赞不置口,皆以为诗才敏捷,无出其右。但天地造化之气,已泄无遗,定夺我辈寿算矣。四人忧疑,相聚环泣。忽有老人自外至,询问何事,众告以故。老者曰:"寿数固无碍,但各要患病四十九日。"众问何病,答曰:"了膀骨痛!"

【译文】

有四个人自以为会作诗。有一天,四人一同到寺院里游玩,见殿角悬挂着一口钟,各个诗兴勃发,于是联句一首。甲说:"寺里一口钟。"乙说:"本质原是铜。"丙说:"覆转像只碗。"丁说:"敲来嗡嗡嗡。"四人吟诗完了,互相赞不绝口,都认为诗才敏捷,没人能超过。只是天地造化之气,已泄无遗,必定剥夺我们这些人的寿命。于是四个人忧愁疑惑起来,围在一起哭泣。忽然有个老人从外面进来,向他们询问为何如此,四人以实相告。老人说:"寿命倒不会减少,但要患病四十九天。"那四个人问是什么病,老人回答说:"全都是膀骨痛。"

歪 诗

【原文】

一士好做歪诗。偶到一寺前,见山门上塑赵

玄坛踏虎像，士即诗兴勃发，遂吟曰："玄坛菩萨怒，脚下踏个虎（去声念音"座"）。旁立一判官，嘴上一脸垩。"及至里面，见殿宇巍峨，随又续题曰："宝殿雄哉大（念作"度"），大佛归中坐。文殊骑狮子，普贤骑白兔。"僧出见曰："相公诗才敏妙，但韵脚欠妥。小僧回奉一首何如？"士曰："甚好。"僧念曰："出在山门路，撞着一瓶醋。诗又不成诗，只当放个破（破，屁，声也）。"

【译文】

　　一相公好作歪诗，偶到一寺前，见山门上塑有赵玄坛踏虎像，诗兴大发，遂吟道："玄坛菩萨怒，脚下踏个虎（音"座"）。旁立一判官，嘴上一脸垩。"走到里面，见殿宇巍峨，随后又继续作诗道："宝殿雄哉大（音"度"），大佛归中坐。文殊骑狮子，普贤骑白兔。"僧出来见了说："相公诗才敏妙，但韵脚欠妥，小僧回赠一首如何？"相公说："很好。"僧念道："出在山门路，撞着一瓶醋。诗又不成诗，只当放个破（读"屁"音）。"

老 童 生

【原文】

　　老虎出山而回，呼肚饥，群虎曰："今日固不遇一人乎？"对曰："遇而不食。"问其故，曰："始遇一和尚，因臊气不食；次遇一秀才，因酸气不食；最后一童生来，亦不曾食。"问童生何以不食，曰："怕咬伤了牙齿。"

【译文】

　　一只老虎出山回来,喊肚子饿了,群虎说:"今天一个人也没遇到吗?"回答说:"遇到了但没有吃。"问其原因,回答说:"开始遇到一个和尚,因为臊气没吃;之后遇到一个秀才,因酸气没吃;最后来了一个童生,也没有吃。"群虎问为何没吃,回答说:"害怕咬伤了牙齿。"

医 官

【原文】

　　医人买得医官札付者,冠带而坐于店中。过者骇曰:"此何店?而有官在内?"旁人答曰:"此医官之店(嘲衣冠之店)。"

【译文】

　　有个医生买了医官的装束,穿戴起来坐在店里。看到的人惊奇地说:"这是什么店?竟然有官员坐在里面?"旁边的人回答说:"这是医官之店(取笑衣冠之店)。"

锯箭竿

【原文】

　　一人往观武场,飞箭误中其身。迎外科治之,医曰:"易事耳。"遂用小锯截其外竿,即索谢辞去。问:"内截如何?"答曰:"此是内科的事。"

【译文】

　　有个人去武场观看,被一飞箭误中其身。接来外科医生为其诊治,医生说:"这是很简单的事。"于是用小锯截去体外的箭杆,就索要费用打算离去。有人问:"体内的箭杆怎么办?"医生回答说:"这是内科医生的事。"

怨算命

【原文】

　　或见医者,问以生意何如,答曰:"不要说起,都被算命先生误了我,嘱我有病人家不要去走。"

【译文】

　　有个人看见医生,问生意怎么样,医生回答说:"不要说起,都被算命先生耽误了,嘱咐我有病人的家不要去。"

送 药

【原文】

　　一医迁居,谓四邻曰:"向来打搅,无物可作别。敬每位奉药一帖。"邻居辞以无病。医曰:"一吃了我的药,自然会生起病来。"

【译文】

有个医生迁居,对周围的邻居说:"向来打搅,没有什么东西可以赠送作别,特敬送每位一帖药。"邻居以无病相推辞,医生说:"吃了我的药,自然会生起病来。"

取　名

【原文】

有贩卖药材离家数年,其妻已生下四子。一日夫归,问众子何来,妻曰:"为你出外多年,我朝暮思君,结想成胎,故命名俱暗藏深意:长是你乍离家室,宿舟沙畔,故名宿砂;次是你远乡作客,我在家志念,故名远志;三是料你置货完备,合当归家,故唤当归;四是连年盼你不到,今该返回故乡,故唤茴香。"夫闻之大笑曰:"依你这等说来,我再在外几年,家里竟开得一间山药铺了!"

【译文】

有个贩卖药材的人离家数年,其妻已生下四个孩子。有一天,丈夫回到家,追问四个孩子是怎么来的,妻子说:"因为你外出多年,我白天黑夜想你,结果因思念怀了孕,因此命名全都暗藏深意:长子是你最初离开家室,宿舟沙畔,故命名'宿砂';次子是你远乡作客,我在家志念,故命名'远志';

三子是考虑你置货完备，合当归家，故叫'当归'；四子是连年盼你不到，现在应该返回故乡，故叫'茴香'。"丈夫听了妻子说的话后大笑说："依你这样说来，我再在外几年，家里竟能开一间中药铺了。"

包 活

【原文】

一医药死人儿，主家诟之曰："汝好好殡殓我儿罢了，否则讼之于官。"医许以带归处置，因匿儿于药箱中。中途又遇一家邀去，启箱用药，误露儿尸，主家惊问，对曰："这是别人医杀了，我带去包活的。"

【译文】

一医生医死了人家的小儿，主人生气地骂道："你如果不好好地把我儿埋葬就要把你告到官府。"医生于是就用药箱装了带走。中途又遇一家人请他去给小儿治病，开箱取药时，误露出死儿。主人惊诧地问他，医生说："这是别人医死了的小儿，我带回去医活。"

僵 蚕

【原文】

一医久无生理，忽有求药者至，开箱取药，中多蛀虫。人问此是何物，曰："僵蚕。"又问："僵蚕如何是活的？"答曰："吃了我的药，怕他不活！"

【译文】

有个医生久无生意。有一天,忽然来了个买药的,医生打开药箱取药,药箱里已生有很多蛀虫。买药人问是什么东西,医生回答说:"僵蚕。"买药人又问:"僵蚕为什么是活的?"医生回答道:"吃了我的药,怕他不活?"

法　家

【原文】

无赖子怒一富翁,思所以倾其家而不得。闻有崂山道士法力最高,往诉恳之。道士曰:"我使天兵阴诛此翁。"答曰:"其子孙仍富,吾不甘也。"曰:"然则,吾纵天火焚其室店。"答曰:"其田土犹存,吾不甘也。"道士曰:"汝仇深至此乎!吾有一至宝,赐汝持去,朝夕供奉拜求,彼家自然立耗矣。"其人喜甚,请而观之,封缄甚密。启视,则纸做成笔一枝也。问此物有何神通,道士曰:"你不知我法家作用耳。这纸笔上,不知破了多少人家矣。"

【译文】

有个无赖男人怨恨一个富翁,打算捣毁富翁家却想不出办法。无赖听说崂山道士法力最高,便去恳求道士帮忙。道士说:"我让天兵暗中杀掉那个富翁。"无赖说:"杀掉他,他的子孙仍然富有,我不甘心。"道士说:"那么,我发天火烧掉他的房屋。"无赖说:"他的田地还在,我不甘心。"道士说:"你的仇恨实在太深了!我有一至宝,赐给你拿去,朝夕供奉拜求，富翁自然就会家破人亡。"无赖听后十分高兴，请求观看，那东西被封闭得十分严密，打开一看，原来是纸做成的一支笔。无赖问它有什么神通？道士说："你不晓得我法家的作用，凭这纸笔，不知破坏了多少人家啊！"

相　相

【原文】

有善相者，扯一人要相。其人曰："我倒相着你了。"相者笑云："你相我如何？"答曰："我相你决是相不着的。"

【译文】

有个善于相面的人，拉住一人要为其相面，那人说："我反倒相着你了。"相面的笑着说道："你相着我什么了？"那个人回答说："我相着你绝对是相不着的。"

胡　须　像

【原文】

一画士写真既就，谓主人曰："请执途人而问之，试看肖否。"主人从之。初见一人问曰："哪一处最像？"其人曰："方巾最像。"次见一人，又问曰："哪一处最像？"其人曰："衣服最像。"及见第三人，画士嘱之曰："方巾、衣服都有人说过，不劳再讲。只问形体何如？"其人踌躇半响曰："胡须最像。"

【译文】

有个绘画的人为人画像完了，对主人说："请拿给过路人看看，验证一下像不像。"主人依从，让路人看。见到第一个人问道："哪一处最像？"那人答："方巾最像。"接着问第二人："哪一处最像？"第二人说："衣服最像。"待见到第三人，绘画的叮嘱他说："方巾、衣服都有人说过，不劳你再讲，只问你形体像不像？"第三人看了半晌说："胡须最像。"

讳输棋

【原文】

有自负棋高，与人角，连负三局。次日，人问之曰："昨日较棋几局？"答曰："三局。"又问："胜负如何？"曰："第一局我不曾赢；第二局他不曾输；第三局我本等要和，他不肯罢了。"

【译文】

有个人自负棋艺高超，和人下棋，连输三盘。第二天，别人问他说"昨天下了几盘棋？"回答道："三盘。"又问："胜负如何？"那人回答说："第一盘我没有赢，第二盘他没有输，第三盘我本想要和，只不过对方不肯。"

银 匠 偷

【原文】

一人生子,虑其难养,请一星家算命。星士曰:"关煞倒也没得,大来运限俱好,只是四柱中犯点贼星,不成正局。"那人曰:"不妨,只要养得大,就叫他学做银匠。"星士曰:"为何?"答曰:"做了银匠,哪日不偷几分银子养家活口。"

【译文】

有个人生了儿子,忧其难养,便请来算卦的为其算命。算命先生说:"关坎倒也没有,长大后命运门槛都好,只是四柱中犯点贼星,不成正局。"那人说:"无妨,只要养得大,就叫他学做银匠。"算命先生说:"这是为什么?"那人回答说:"做了银匠,哪天不偷几分银子养家活口。"

利 心 重

【原文】

银匠开铺三日,绝无一人进铺。一日至暮,有以碎银二钱来倾者,乃落其半,倾作对充与之。其人大怒,谓其利心太重。银匠曰:"天下的人利心再没有轻过于我的。开了三日店,止落得一钱,难道自己吃了饭,三分一日,你就不要管了?"

【译文】

　　有个银匠开店三天，没有一人进店，一天，太阳快要落山的时候，一个人拿了二钱碎银来熔铸，银匠贪了一半，只用一钱熔铸后交给那人。那人大怒，说银匠取利之心太重。银匠说："天下的人，取利之心再没有轻过我的了，开了三天店只取了一钱，难道你自己吃了饭，别人三天的死活就不管了！"

有进益

【原文】

　　一翁有三婿，长裁缝，次银匠，惟第三者不学手艺，终日闲游。翁责之曰："做裁缝的，要落几尺是几尺；做银匠的，要落几钱就是几钱；独汝游手好闲，有何结局？"三婿曰："不妨，待我打一把铁撬，撬开人家库门，要取偷千偷百，也是易事，稀罕他几尺几钱！"翁曰："这等说，竟是贼了。"婿曰："他们两个每日落人家东西，难道不是贼？"

【译文】

　　一老头有三个女婿：大的是裁缝，老二是银匠，只有老三不学手艺，整天闲游。老头责备老三说："做裁缝的，要留几尺就是几尺；做银匠的，要留几钱就是几钱；唯独你游手好闲，结局不堪设想！"三女婿说："无妨，待我打一把铁锹，撬开人家库门，要拿千百，也是简单的事，稀罕他几尺几钱！"老头说："那样做，就是贼了。"三女婿回答说："他们两个每天都留人家东西，难道不是贼？"

裁　缝

【原文】

辰年大旱,太守命法官祈雨,雨不至。太守怒欲治之。法官禀云:"小道本事平常,不如某裁缝最好。"太守曰:"何以见得?"答曰:"他要落几尺就是几尺。"

【译文】

有一年大旱,太守命法官祈祷下雨,雨不下。太守恼怒要治罪法官。法官禀报说:"小道本事平常,不如某裁缝的本事大。"太守说:"凭什么这样说?"法官答道:"他要落几尺就是几尺。"

不下剪

【原文】

缝匠裁衣,反复量久,不肯下剪。徒弟问其故,答曰:"有了他的,便没有了我的;有了我的,又没有了他的。"

【译文】

有个裁缝为人裁衣,反复量了好半天也不肯下剪。徒弟问其原因,裁缝答道:"有了他的,便没有了我的;有了我的,又没有了他的。"

要 尺

【原文】

一裁缝上厕坑,以尺插墙上,便完忘记而去。随有满洲人登厕,偶见尺,将腰刀挂在上面。少顷,裁缝转来取尺,见有满人,畏而不前,观望良久。满人曰:"蛮子你要甚么?"答曰:"小的要尺。"满人曰:"咱囚攮的,屙也没有屙完,你就要吃(尺)!"

【译文】

有个裁缝上厕所,把尺插在墙上,便完忘记拿尺就走了。随后一满人上厕所,见到墙上有尺,便将腰刀挂在尺上。不一会儿,裁缝回来取尺,见到满人和尺上挂着的腰刀,十分惧怕,不敢向前取尺。观望好久,满人说:"蛮子你要什么?"裁缝回答说:"小的要尺。"满人说:"咱囚攮的,屙也没有屙完,你就要吃(尺)!"

待 诏

【原文】

一待诏初学剃头,每刀伤一处,则以一指掩之。已而,伤多不胜其掩,乃曰:"原来剃头甚难,须得千手观音来才好。"

【译文】

有个理发师初学剃头,用刀每刮破一处伤口,就用一个手指掩盖住,不久，刀伤出现很多，已不能够用手指掩盖，于是说："原来剃头太难，只有千手观音才做得来。"

三 名 斩

【原文】

朝廷新开一例，凡物有两名者充军，三名者斩。茄子自觉双名，躲在水中。水问曰："你来为何？"茄曰："避朝廷新例。因说我有两名，一名茄子，一名落苏。"水曰："若是这等，我该斩，一名水，二名汤，又有那天灾人祸的放了几粒米，把我来当酒卖。"

【译文】

朝廷制定一个法规，凡物有两个名称者充军，有三个名称的斩。茄子觉得自己是双名，便躲藏在水里。水问茄子道："你来干什么？"茄子回答说："躲避朝廷新例，因为他们说我有两个名称，一个是茄子，一个是落苏。"水说："如果是这样，我该被斩了，我一叫水，二叫汤，还有那天灾人祸的放了几粒米，把我当酒卖。"

酒 娘

【原文】

人问何为叫做酒娘，答曰："糯米加酒药成浆便是。"又问既有酒娘，为甚没有酒爷，答曰：

"放水下去就是酒爷。"其人曰:"若如此说,你家的酒是爷多娘少了。"

【译文】

甲问乙什么叫酒娘,乙回答说:"糯米加酒药变成浆便是。"甲又问既然有酒娘,为啥没有酒爷。乙回答说:"放水下去就是酒爷。"甲说:"如果这样说,你家的酒是爷多娘少了。"

着　醋

【原文】

有卖酸酒者,客上店谓主人曰:"肴只腐菜足矣,酒须要好的。"少顷,店主问曰:"菜中可要着醋?"客曰:"醋滴菜心甚好。"又问曰:"腐内可要放些醋?"客曰:"醋烹豆腐也好。"再问曰:"酒内可要着醋否?"客讶曰:"酒中如何着得醋?"店主攒眉曰:"怎么处?已着下去了。"

【译文】

有家酒馆好卖酸酒。顾客进店后对主人说:"菜只要豆腐青菜就够了,但酒一定要好的。"不一会儿,店主问道:"菜里要放醋吗?"顾客说:"醋滴菜心好极了。"店主又问道:"豆腐里要放些醋吗?"顾客回答说:"醋烹豆腐也好。"店主再次问道:"酒里是否也要放些醋?"顾客

听了十分惊讶,说:"酒里怎能放醋?"店主皱眉头道:"这可怎么办?醋已经放进去了。"

酸 酒

【原文】

一酒家招牌上写:酒每斤八厘,醋每斤一分。两人入店沽酒,而酒甚酸。一人咂舌攒眉曰:"如何有此酸酒,莫不把醋错拿了来?"友人忙捏其腿曰:"呆子快莫做声,你看牌面上写着醋比酒更贵着哩!"

【译文】

有家酒店的招牌上写着:"酒每斤八厘,醋每斤一分。"两个人入店买酒喝,但是酒很酸。其中一人咂舌皱眉说:"怎么有这样的酸酒,莫不是错把醋拿来了?"友人急忙捏其大腿说:"呆子快别作声,你看牌子上写着醋比酒更贵着哩!"

胡癞杀

【原文】

或看审囚回,人问之,答曰:"今年重囚五人,俱有认色:一痴子、一癫子、一瞎子、一胡子、一癞痢。"问如何审了,答曰:"只胡子与癞痢吃亏，其余免死。"又问何故，曰："只听见问官说痴弗杀，癫弗杀，一眼弗杀，胡子癞痢杀。"

【译文】

甲看审问完囚犯归来，乙问其审判结果，甲答道："今年重犯有五人，都有特征相辨认：一痴子、一癫子、一瞎子、一胡子、一癞痢（即癞痢头，发生在头皮和头发的癣）。"乙问如何审判，甲回答道："只有胡子与癞痢吃亏，其余免死。"乙又问是什么缘故，甲说："只听见审问官说：'痴不杀，癫不杀，一眼不杀，胡子癞痢杀。'"

抛　锚

【原文】

道士、和尚、胡子三人过江。忽遇狂风大作，舟将颠覆，僧道慌甚，急把经卷投入江中，求神救护。而胡子无可掷得，唯将胡须逐根拔下，投于江内。僧道问曰："你拔胡须何用？"其人曰："我在此抛毛（锚）。"

【译文】

道士、和尚、胡子三人过江，突然遇到狂风大作，船将颠覆，僧道十分惶恐，急忙把经卷投入江中，求神救助。胡子无物可掷，便将胡须逐根拔下，投入江内。僧道问他说："你拔胡须干什么？"胡子答道："我在此抛毛（音同"锚"）。"

稀胡子

【原文】

一稀胡子要相面,相士云:"尊相虽不大富,亦不至贫。"胡子曰:"何以见得?"相士曰:"看公之须,比上不足,比下有余。"

【译文】

有个胡子稀疏的人让相面先生相面,相面先生说:"尊相虽不是十分富有,也不至于贫穷。"那个人问:"凭什么这样说?"相面先生回答说:"看你的胡须,比上不足,比下有余。"

胡答嘲

【原文】

颜回、子路、伯鱼三人私议曰:"夫子惟胡,故开口不脱'乎'字。"颜回曰:"他对我说:'回也,其庶乎。'"子路曰:"他对我说:'由也,诲汝知之乎?'"伯鱼曰:"我家尊对我也说,汝为周南召南矣乎。"孔子在屏后闻之,出责伯鱼曰:"回是个短命,由是个不得其死的,人说我胡也罢了,你是我的儿子,如何也

来说我老子！"

【译文】

　　颜回、子路、伯鱼三人暗地议论说："夫子（孔子）喜欢胡须，所以开口不离'乎'字。"颜回说："他对我说：'回也，其庶乎。'"子路说："他对我说：'由也，诲汝知之乎？'"伯鱼说："我家尊（父亲）对我也说：'汝为周南召南矣乎。'"孔子在屏风后面听到三人的议论，出来责怪伯鱼道："回是个短命，由（子路）是个不得好死的，他们说我的胡须也就算了，你是我的儿子，为什么也来说老子我!？"

亲　爷

【原文】

　　有妻方受孕而夫出外经商者，一去十载，子已年长，不曾识面。及父归家，突入妻房，其子骤见乃大喊曰："一个面生胡子大胆闯入母亲房里来了！"其母曰："我儿勿做声，这胡子正是你的亲爷！"

【译文】

　　有个人的妻子受孕，自己出外经商，一去十年。儿子已长大，但不曾看过父亲。等到父亲回家，突然进入妻子房里，儿子见到后猛然大喊："一个脸上长有胡须的人大胆闯入母亲房里来了！"母亲说："儿子别叫了，那满脸胡须的人正是你的亲爹！"

拔须去黑

【原文】

　　一翁须白，令姬妾拔之。妾见白者甚多，拔之将不胜其拔，乃将黑者尽去。拔讫，翁自引镜照，遂大骇，因咎其妾曰："少的倒不拔，倒去拔多的！"

【译文】

　　有个老翁胡须白了很多，让妾为其拔掉，妾见白的太多，如果拔白的将拔都拔不完，于是将黑的全部拔掉。拔完后，老翁拿起镜子一照，大吃一惊，责怪其妾道："少的你不拔，反倒去拔多的！"

黄　须

【原文】

　　一人须黄，每于妻前自夸："黄须无弱汉，一生不受人欺。"一日出外被殴而归，妻引前言笑之。答曰："哪晓得那人的须竟是通红的。"

【译文】

　　有个人胡须颜色发黄，经常在妻子面前自夸："黄须无弱汉，一生不受人欺。"一天外出被人殴打了一顿回来，妻子就用他自夸的话嘲笑他，丈夫回答道："哪晓得那人的胡须竟是通红的。"

老面皮

【原文】

或问:"世间何物最硬?"曰:"石头与钢铁。"其人曰:"石可碎,铁可錾,安得为硬?以弟看来惟兄面上髭须最硬,铁石总不如也。"问其故,答曰:"看老兄这副厚脸皮,竟被它钻了出来。"那有须者回嘲云:"足下面皮更老,这等硬须还钻不透!"

【译文】

有个未长胡子的人问:"世间什么东西最硬?"长胡子的人回答道:"石头和钢铁。"未长胡须的人说:"石可碎,铁可雕刻,怎么最硬?以我看来,只有你脸上的胡须最硬,铁石全都不如。"有须者问为什么,无须者答道:"看你这副厚脸皮,竟被它钻了出来。"有须的人反过来嘲讽道:"你脸皮更厚,这么硬的胡子还钻不透!"

长卵叹气

【原文】

一官到任,出票要唤兄弟三人,一胖子、一长子、一矮子备用,异姓者不许进见。一家有兄弟四人,仅有一胖三矮,私相计议曰:"四人之中,胖矮俱有,单少一长人,只得将二矮缝一长裤,两人接起充作长人,便觉全备。"如计行之。

官见大喜，簪花赏酒，三人一时荣宠。下矮压得受苦，在内哓哓，大有怨词。官听见，问下面甚响，众慌禀曰："这是长卵叹气。"

【译文】

　　有个当官的刚刚到任，写了张字条欲招聘兄弟三人：一个胖子、一个高个儿、一个矮个儿，并要求三人非同姓的不许觐见。一家有兄弟四人，仅有一胖三矮，暗自商议说："四人之中，胖子和矮个儿都有，只少一高个儿，只得将两个矮个儿缝一长裤，两人接起充当高个儿。"四人觉得完全满足了当官的要求，便按计而行，当官的见到他们十分高兴，买酒慰劳，三人感到十分荣宠。下边的矮个儿由于挨压受苦，在裤内哓哓，大有怨愤之词。当官的听到裤内有声，问里面是什么动静，三人慌忙禀报："这是长卵叹气。"

扇　坠

【原文】

　　有持大扇者，遇矮子，戏以扇置其头曰："欲借兄权作扇坠耳。"矮子大怒骂曰："入娘贼！若拿我做扇坠，我就兜心一脚踢杀你！"

【译文】

　　有个人拿着大扇子，遇到矮子，开玩笑用扇子搁在矮子的头上说："借用你一下做个扇坠吧。"矮子十分愤怒地大骂道："入娘贼！如果拿我做扇坠，我就照你心口一脚踢死你！"

搁 浅

【原文】

矮人乘舟出游,因搁浅,自起撑之。失手坠水,水没过项,矮人起而怒曰:"偏我搁浅搁在深处。"

【译文】

有个矮子乘小船出外游玩,因为搁浅,便自己起来撑船,矮子失足落水,水没过矮子的头顶,矮子浮起,大怒道:"偏偏我搁浅搁在了水深的地方。"

瞽 笑

【原文】

一瞽者与众人同坐,众人有所见而笑,瞽者亦笑。众问之曰:"汝何所见而笑?"瞽者曰:"列位所笑,定然不差,难道是骗我的?"

【译文】

有个盲人与众人同坐,众人见到好笑的事笑了起来,盲人也跟着笑起来。众人问盲人说:"你看到什么了发笑?"盲人说:"诸位所笑,一定不会错,难道是骗我的?"

被 打

【原文】

二瞽者同行,曰:"世上惟瞽者最好。有眼人终日奔忙,农家更甚,怎如得我们心上清闲。"众农夫窃听之,乃伪为官过,谓其失之回避,以锄把各打一顿而呵之去。随复窃听之。一瞽者曰:"毕竟是瞽者好,若是有眼人,打了还要问罪哩!"

【译文】

两个盲人同行,说:"世上唯独盲人最好,有眼的人终日奔忙,农家更惨,怎么赶得上我们清净悠闲。"众农夫暗暗听了他们说的话,于是假装当官的走过,说盲人不回避有失礼仪,用锄头把他们各打一顿后吆喝他们离开。随即又偷偷听他们说话。一个盲人说:"毕竟是眼瞎好,如果是有眼睛的,挨打之后还要问罪哩!"

吃 螺 蛳

【原文】

有盲子暑月食螺蛳,失手坠一螺肉在地,低头寻摸,误捡鸡屎,放在口里,向人曰:"好热天气,东西才落下地,怎就这等臭得快!"

【译文】

有个盲人大热天吃螺蛳,失手把一块螺肉掉在地上,低头寻摸,误捡起一坨鸡屎放在嘴里,对人说:"好热的天气,东西才掉在地上,怎么就臭得这样快!"

金漆盒

【原文】

一近视出门,见街头牛屎一大堆,认为路人遗下的盒子,随用双手去捧。见其烂湿,乃叹曰:"好个盒子,只可惜漆水未干。"

【译文】

有个近视眼出门,看见街头一大堆牛屎,以为是过路人丢下的盒子,于是用双手去捧。见其湿烂,即慨叹道:"好个盒子,只可惜漆水未干。"

问 路

【原文】

一近视迷路,见道旁石上栖歇一鸦,疑是人也,遂再三诘之。少顷,鸦飞去,其人曰:"我问你不答应,你的帽子被风吹去了,我也不对你说!"

【译文】

有个近视眼迷了路,看见道旁石头上栖息着一只乌鸦,以为是人,于是问其再三。不一会儿,乌鸦飞走了,那个人说:"我问你不答应,你的帽子被风吹走了,我也不对你说!"

乌云接日

【原文】

近视者赴宴,对席一胡子吃火朱柿,即起别主人曰:"路远告辞。"主曰:"天色甚早。"答云:"恐天下雨,那边乌云接日头哩。"

【译文】

有个近视的人赴宴,席对面有个长胡子的人吃红柿,近视眼马上起来告别主人说:"路远告辞。"主人说:"天色还早。"近视眼回答道:"恐怕天要下雨,那边乌云接日头哩。"

鼻影作枣

【原文】

近视者拜客,主人留坐待茶。茶果吃空,视茶内鼻影以为橄榄也,捞摸不已。久之忿极,辄用指撮起,尽力一咬,指破血出。近视乃仔细认之曰:"啐,我只道是橄榄,却原来是一个红枣。"

【译文】

　　有个近视眼去拜访他人，主人留他坐下并招待其茶果。茶果吃完后，近视眼见茶内鼻子的影子以为是橄榄，捞摸不停。时间长了十分愤怒，就用手指撮起，用力一咬，指破血出。近视眼于是仔细辨认道："咳，我以为是橄榄，原来却是一个红枣。"

虾　酱

【原文】

　　一乡人挑粪经过，近视唤曰："拿虾酱来。"乡人不知，急挑而走。近视赶上，将手握粪一把于鼻上闻之，乃骂道："臭已臭了，什么奇货还要这等行情。"

【译文】

　　有个乡下人挑粪经过，一近视眼召唤道："拿虾酱来。"乡下人不知是召唤他，仍然挑着粪快走。近视眼追赶上，用手抓了一把粪凑近鼻子闻，于是骂道："都已经臭了，什么奇货值得你这样的态度！"

拾 蚂 蚁

【原文】

　　近视者行路，见蚂蚁摆阵，疏密成行，疑是一物。因掬而取之，撮之不起，乃叹息曰："可惜一条好线，毁烂得蹙蹙断了。"

【译文】

　　有个近视眼走路，看到蚂蚁摆阵，疏密成行，以为是什么东西，于是弯腰用双手捧取，却怎么也捡不起来，便叹息道："可惜一条好线，毁烂得不能舒展就断了。"

捡 银 包

【原文】

　　有近视新岁出门，拾一爆竹，错认他人遗失银包也。且喜新年发财，遂密藏袖内，至夜乃就灯启视。药线误被火燃，立时作响，方在吃惊，旁一聋子抚其背曰："可惜一个花棒槌，无缘无故，如何就是这样散了。"

【译文】

　　有个近视眼新年出门，捡到一个爆竹，误认为是别人丢失的银包。暗自高兴新年发财，于是密藏在袖子里，到了晚上便凑近灯前观看，药线误被灯火点燃，爆竹立刻炸响。近视眼正在吃惊，旁边一个聋子抚摸着他的背说："可惜一个花棒槌，无缘无故怎么就这样散了。"

漂白眼

【原文】

一漂白眼与赤鼻头相遇，谓赤鼻曰："足下想开染坊，大费本钱，鼻头都染得通红。"赤鼻答曰："不敢也，只浅色而已，怎如得尊目，漂白得有趣。"

【译文】

有个漂白眼与一个红鼻头相遇，漂白眼对红鼻头说："您想开染坊，真舍得费本钱，连鼻头都染得通红。"红鼻头答道："不敢，只是浅色而已，怎么赶得上您的眼睛，漂白得有趣。"

聋 耳

【原文】

一医者耳聋，至一家看病女人。病女问莲心吃得否，医者曰："面筋发病，是吃不得的。"病女曰："是莲肉。"医者曰："就是盐肉，也要少吃些。"病女曰："先生耳朵是聋的。"医者曰："若是里股是红的，只怕要生横痃，倒要脱开来，待我看看

好用药。"

【译文】

 有个医生耳聋,到一女病人家看病。女病人问莲心是否能吃,医生说:"面筋发病,是吃不得的。"女病人说:"是莲肉。"医生说:"就是盐肉,也要少吃些。"女病人说:"先生耳朵是聋的。"医生说:"如果屁股里是红的,只怕是横痃(一种腹股沟的病),倒要脱下裤子来,待我看看好用药。"

呵欠

【原文】

 一耳聋人探友,犬见之吠声不绝。其人茫然不觉,入见主人揖毕告曰:"府上尊犬想是昨夜不曾睡来。"主问:"何以见得?"答曰:"见了小弟只是呵欠。"

【译文】

 有个耳聋的人探视友人,友人家的狗看见他大叫不止,耳聋的人毫无察觉。进入里屋见到主人揖礼后告诉主人说:"府上的狗想是昨夜没有睡觉。"主人问:"何以见得?"那人回答说:"见了小弟一直不停地打呵欠。"

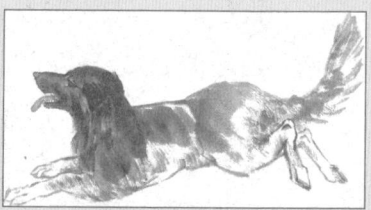

火 症

【原文】

一聋子望客，雨中见犬吠不止，乃叹曰："此犬犯了火症，枯渴得紧，只管开口接水吃哩。"

【译文】

有个聋子去看望客人，雨中见狗吠不止，于是慨叹说："这狗可能上火了，口渴得很，只好张口接水喝哩。"

葡萄架倒

【原文】

有一吏惧内，一日被妻挝碎面皮。明日上堂，太守见而问之，吏权词以对之："晚上乘凉，葡萄架倒下，故此刮破了。"太守不信曰："这一定是你妻子挝碎的，快些差皂隶拿来。"不意奶奶在后堂潜听，大怒抢出堂外，太守慌谓吏曰："你且暂退，我内衙葡萄架也要倒了。"

【译文】

有个官吏很怕老婆，一天被妻子抓破脸皮。第二天上堂时，太守见了问他脸皮怎么破的，官吏搪塞说："晚上乘凉，葡萄架倒下来，因此刮破了。"太守不信,说:"这一定是你妻子抓破的,快派差役捉来。"不料,太守的老婆在后堂偷听,十分恼怒地跳出堂外,太守慌忙对官吏说:"你先暂时退下,我内衙的葡萄架也要倒了。"

槌碎夜壶

【原文】

有病其妻之吃醋,而相诉于友,谓凡买一婢,即不能容,必至别卖而后已。一友曰:"贱荆更甚,岂但婢不能容,并不许置一美仆,必至逐去而后已。"旁又一友曰:"两位老兄劝你罢,像你每嫂还算贤惠,只看我房下,不但不容婢仆,且不许擅买夜壶,必至槌碎而后已。"

【译文】

有个人对其老婆好吃醋十分苦恼,告诉给朋友,说每次买婢女,自己的老婆都不能容纳,最终卖掉才心满意足。一个朋友说:"我那老婆更厉害,不但婢女不能容纳,并且不许添置一个好点的仆人,必赶走才罢休。"旁边又有一个朋友说:"两位大哥息怒,两位老嫂还算贤惠,看我那老婆,不但不容婢仆,并且不许擅买夜壶,否则必摔碎才罢休。"

手　硬

【原文】

有相士对人谈相云:"男手如枪,女手如姜,一生吃不了米饭，穿不了衣裳。"一人喜曰："若是这等说，我房下是个有造化的。"人问何以见得，答曰："昨晚在床上，嫌我不能尽兴，被他打了一掌，今日还是辣渍渍的。"

【译文】

有个相面的先生对人谈相说："男手如枪，女手如姜，一生吃不了的米饭，穿不了的衣裳。"一个人听后高兴地说："如果是这样，那么我老婆是个有福气的人。"别人问他为何这样说，那个人回答说："昨晚在床上，嫌我不能尽兴，被她打了一掌，今天还辣渍渍的。"

呆　郎

【原文】

一婿有呆名，舅指门前杨树问曰："此物何用？"婿曰："这树大起来，车轮也做得。"舅喜曰："人言婿呆，皆耍也。"及至厨下，见研酱擂盆，婿又曰："这盆大起来，石臼也做得。"适岳母撒一屁，婿即应声曰："这屁大起来，霹雳也做得。"

【译文】

某人的女婿因痴呆而出名。岳指着门前的杨树问道："此物有何用？"女婿说："这树大起来，车轮也能做。"岳高兴地说："别人说女婿呆，都是有意耍弄人。"等到进了厨房，看见捣酱的钵盆，女婿又说："这盆大起来，石臼也能做。"恰巧岳母放了一个屁，女婿马上应声道："这屁大起来，可以做炸雷。"

痴婿

【原文】

人家有两婿，小者痴呆，不识一字，妻曰："姐夫读书，我爹爹敬他；你目不识丁，我面上甚不争气，来日我兄弟完姻，诸亲聚，识认几字也好在人前卖嘴。我家土库前，写'此处不许撒尿'六字，你可牢记，人或问起，亦可对答，便不敢欺你了。"呆子唯诺，至日行至墙边，即指曰："此处不许撒尿。"岳丈喜曰："贤婿识字大好。"良久舅姆出来相见，裙上有销金飞带，绣"长命富贵，金玉满堂"八字，坠于裙之中间，呆子一见，忙指向众人曰："此处不许撒尿。"

【译文】

一人家有两个女婿，小女婿痴呆，不识一字。小女婿的妻子说："姐夫是个读书人，我爹爹很敬重他；你一个字也不认识，我很没有面子。过些日子我的兄弟结婚，众亲友聚会，你学习认识几个字，也好在人们面前炫耀一下。我家土墙前写有'此处不许撒尿'六个字，你要牢记，别人如果问起，你就如此回答，别人便不敢欺你了。"呆子点头答应。到了兄弟结婚那一天，呆子走到墙边，指着上面的字说："此处不许撒尿。"岳父高兴地说："贤婿识字很好。"过了一段时间，舅母从屋里出来，其裙子上有销金飞带，绣着"长命富贵，金玉满堂"八字，坠于裙子中间。呆子一看急忙指着向众人说："此处不许撒尿。"

呆 子

【原文】

一呆子性极痴,有日同妻至岳家拜门。设席待之,席上有生柿水果,呆子取来,连皮就吃,其妻在内窥见,只叫得"苦呀"。呆子听见,忙答曰:"苦到不苦,惹得满口涩得紧着哩。"

【译文】

有个呆子非常痴傻。有一天,呆子同妻子到岳父家拜访。岳父家设宴招待,宴席上有生柿和水果,呆子拿起来,连皮就吃,其妻在里边看见,叫道:"苦呀。"呆子听见,马上答道:"苦倒是不苦,只是弄得满嘴太涩了。"

携 冰 水

【原文】

一呆婿至妻家留饭,偶吃冻水美味。乃以纸裹数块,纳之腰间带归,谓妻曰:"汝父家有佳味,我特携来啖汝。"索之腰中,已消融矣。惊奇曰:"奇,如何撒出一脬尿,竟自逃走了。"

【译文】

有个呆女婿到岳父家,被留下吃饭,碰巧吃了用冰做的美味食品,于是用纸包起数块，放入腰间带回家里，对妻子说："你娘家做了佳肴，我特意携带回来给你吃。"说着便到腰间去取，冰早已经融化了，呆子大吃一惊道："奇怪，它怎么撒了一泡尿，竟然自己逃走了。"

不道是你

【原文】

新郎愚蠢，连朝不动，新人只得与他亲吻一嘴。其夫大怒，往诉岳母，曰："不要听他，或者不道是你罗。"

【译文】

新郎十分愚呆，婚后数日毫无动作，新娘只好亲了他一口，新郎大怒，到岳母那里去告状，岳母说："不要恼，她可能不知道是你哩。"

丈母不该

【原文】

女婿见丈人拜揖，遂将屁股一挖。丈人大怒，婿云："我只道是丈母罗。"隔了一夜，丈人将婿责之曰："畜生，我昨晚整整思量了一夜，就是丈母你也不该。"

【译文】

有个女婿见岳父拜揖，便在岳父屁股上摸了一把。岳父大怒，女婿说:"我以为是岳母呢。"隔了一夜,岳父责怪女婿说:"畜生,我昨晚整整想了一夜,就是岳母,你也不该这样做。"

子守店

【原文】

有呆子者,父出门令其守店,忽有买货者至,问:"尊翁有么?"答曰:"无。"又问:"尊堂有么?"亦曰:"无。"父归知之,责其子曰:"尊翁我也,尊堂汝母也,何得言无。"子恼怒曰:"谁知你两夫妇,都是要卖的。"

【译文】

有个呆子,其父亲出门时让他守店。突然来了一个买货的,问道:"尊翁有吗?"呆子回答说:"没有。"又问:"尊堂有吗?"呆子回答说:"也没有。"呆子的父亲回来了解此事后,责怪儿子说:"尊翁是我,尊堂是你母亲,怎么能说没有。"儿子恼怒道:"谁知你俩都是要卖的。"

活脱话

【原文】

父诫子曰:"凡人说话放活脱些,不可一句

说煞。"子问如何活脱时，适有邻家来借物件，父指而教之曰："比如这家来借东西，看人打发，不可竟说多有，不可竟说少有；也有家里有的，也有家里无的，这便活脱了。"子记之。他日，有客到门问："令尊在家否？"答曰："我也不好说多，不好说少，其实也有在家的，也有不在家的。"

【译文】

父亲告诫儿子说："人不管说什么话都要说得灵活些，不能把话说死。"儿子问如何才能把话说灵活，正好邻居家来借东西，父亲便以邻居来借东西教导说："比如这家来借东西，要看人打发对待，不可直说有很多，也不可以直说没多少；有时说家里有，有时便说家里没有，这样说便灵活了。"儿子把父亲的话牢记在心。一天，有客人到家问道："令尊在家没有？"儿子回答道："我不好说多，也不好说少；其实也有在家的，也有不在家的。"

母猪肉

【原文】

有卖猪母肉者，嘱其子讳之。已而买肉者至，子即谓曰："我家并非母猪肉。"其人觉之，不买而去。父曰："我已吩咐过，如何反先说起？"怒而挞之。少顷又一买者至，问曰："此肉皮厚，莫非母猪肉乎？"子曰："何如？难道这句话，也是我先说起的？"

【译文】

　　有个卖母猪肉的人,嘱咐儿子要避忌说是母猪肉。不久来了一个买肉的,儿子对那人说道:"我家卖的不是母猪肉。"买肉人一听此话便察觉了,不买就走了。父亲十分生气地说:"我已经嘱咐过你,为何反先提起?"接着揍了儿子一顿。不一会儿,又来了一个买肉的,问道:"此肉皮厚,恐怕是母猪肉吧?"儿子说:"怎么样? 难道这句话,也是我先说起的?"

买酱醋

【原文】

　　祖付孙钱二文买酱油醋,孙去而复回,问曰:"哪个钱买酱油? 哪个钱买醋?"祖曰:"一个钱酱油,一个钱醋。随分买,何消问得?"去移时,又复转问曰:"哪个碗盛酱油? 哪个碗盛醋?"祖怒其痴呆,责之。适子进门,问以何故,祖告之,子遂自去其帽,揪发乱打,父曰:"你敢是疯子!"子曰:"我不是疯,你打得我的儿子,我难道打不得你的儿子!"

【译文】

　　有个老人给孙子两文钱让他买酱油和醋,孙子去后又返回来,问道:"哪个钱买酱油? 哪个钱买醋?"爷爷说:"一文钱买酱油,一文钱买醋。难道这还要问吗?"孙子走了不大一会儿,再次返回来问道:"哪个碗盛酱油？哪个碗盛醋？"爷爷一听非常生气，责骂孙子太痴呆，便对孙子进行责罚。正巧赶上儿子进来，问是什么缘故，老人如实相告，儿子一听便脱掉帽子，揪住自己的头发乱打起来，老人说："你难道是疯子吗？"儿子回答说："我不是疯子，你打我的儿子，我难道打不得你的儿子？"

劈 柴

【原文】

父子同劈一柴，父执柯，误伤子指，子骂曰："老乌龟，汝眼瞎耶！"孙在旁见祖被骂，意甚不平，遂曰："狗日出的，父亲可是骂得的么！"

【译文】

父子二人同劈一根木头，父亲拿斧子，误伤儿子手指，儿子骂道："老乌龟，你眼睛瞎了吗？"孙子在一旁看见爷爷被骂，甚感不平，于是喊道："狗日出来的，父亲难道是可以骂的吗！"

悟 到

【原文】

一富家儿不爱读书，父禁之。一日父潜伺窥其动静，见其子开卷吟哦，忽大声曰："我知之矣。"父意其有所得，乃喜而问曰："我儿理会了么？"子曰："书不可不看，我一向只道书是写成的,原来是刻板印就的。"

【译文】

有个富人的儿子不爱读书,富人硬把儿子禁闭在书房中。一天,富人窥视其动静,见儿子开卷吟诵,突然大叫道:"我知道了。"富人以为儿子读书有所得,便十分高兴地问道:"我儿读书收获不小吧?"儿子回答说:"书不可不看,我过去一向认为书是写成的,原来是刻板印成的。"

较 岁

【原文】

一人新育女,有以两岁儿来议亲者,其人怒曰:"何得欺我,吾女一岁,他子两岁,若吾女十岁,渠儿二十岁矣。安得许此老婿。"妻谓夫曰:"汝算差矣!吾女今年虽一岁,等以明年此时,便与彼儿同庚,如何不许?"

【译文】

有个人刚生下一个女儿,便有人带着两岁儿子来提亲。那个人大怒说:"为什么要欺辱我。我的女儿一岁,他的儿子两岁;如果我女儿十岁时,那么他的儿子就二十岁了。怎能许配给这样一个老女婿。"妻子对丈夫说:"你算差了!我们女儿今年虽是一岁,但等到明年,便与他的儿子同岁,为什么不许?"

认 鞋

【原文】

一妇夜与邻人有私,夫适归,邻人逾窗而出。夫攫得一鞋,骂妻不已。因枕鞋而卧,谓妻曰:"且待天明,认出此鞋,与汝算账。"妻乘其睡熟,以夫鞋易去之。夫晨起复骂,妻使认鞋,见是自己的,乃大悔曰:"我错怪你了,原来昨夜跳窗的倒是我。"

【译文】

有个妇女夜里与邻居私通,丈夫正好回来,邻居跳窗逃走。丈夫夺取一只鞋,大骂妻子不止。丈夫枕着那只鞋躺下,对妻子说:"等到天亮时,认出此鞋是谁的,再跟你算账。"妻子趁丈夫睡熟时,用丈夫的鞋子换去原来的鞋。丈夫早晨起来又骂,妻子让他认鞋,丈夫见是自己的,于是十分后悔地说:"我错怪你了,原来昨天晚上跳窗的是我。"

杀 妻

【原文】

夫妻相骂,夫恨曰:"臭娼妇,我明日做了皇帝,就杀你。"妇日夜忧泣不止。邻女解之曰:"哪有此事,不要听他。"妇曰:"我家这个臭乌龟倒从不说谎的，自养的儿女，前年说要卖，当真的旧年都卖去了。"

【译文】

　　有夫妻二人对骂，丈夫怨恨道："臭娼妇，等我明日做了皇帝，就杀了你。"妇人听了日夜忧伤、哭泣不止，邻居的妇人规劝她说："哪里会有此事，不要听他的。"妇人说："我家这个臭乌龟倒是从不说谎的，自己亲生的儿女，前年说要卖，去年就当真卖掉了。"

籴 米

【原文】

　　有持银入市籴米，失叉袋于途，归谓妻曰："今日市中闹甚，没了好些叉袋。"妻曰："你的莫非也没了？"答曰："随你好汉便怎么？"妻惊问："银子何在？"答曰："这倒没事，我紧紧拴好在衣袋角哩。"

【译文】

　　有个人拿着银子去买米，在路上丢了米袋，回家后对妻子说："今天集市热闹非凡，有好多人丢了米袋。"妻子说："你的莫非也丢了？"丈夫答道："即使你是好汉就能不丢吗？"妻子大吃一惊，问道："银子在哪？"丈夫回答说："这倒没事，我把银子紧紧拴在米袋角上了。"

呆　算

【原文】

一人家费纯用纹银，或劝以倾销八九色杂用，当有便宜，其人取元宝一锭，托镕八成，或素知其呆也，止倾四十两付之，而利其余。其人问："元宝五十两，为何反倾四十？"答曰："五八得四十。"其人遽曰："吾为公误矣，用此等银反无便益。"

【译文】

有个人家里支出全用纯银，银匠劝他把纯银熔铸成八九成色的银子掺杂着用，那样会更划算些。那人取出一锭元宝，让银匠熔为八成银。银匠向来知道他很呆，只用了四十两熔铸，其余的留了起来，铸后给了呆子。呆子问："元宝五十两，为什么只熔铸四十两？"银匠回答说："五八得四十。"呆子于是说道："我误听了你的话，原来用此等银子反倒没有便宜。"

代　打

【原文】

有应受官责者，以银三钱雇邻人代往，其人得银，欣然愿替。既见官，官喝打三十，方受数杖，痛极，因私出所得银，尽贿行杖者，得稍从轻。其人出谢前人曰："蒙公赐银救我性命，不然几乎打杀。"

【译文】

有个应受官府责罚的人，用三钱银子雇了一个邻居代替前往，邻居得到银子，欣然同意代替前往。等见到官员后，官员下令打三十大板，刚挨数杖，十分疼痛，于是偷偷拿出得到的三钱银子，全部贿赂给行杖的人，板子打得才轻了些。邻居挨打后出了官府，对雇他的那个人说："多亏你赐给我三钱银子，救了我的命，不然几乎被打死！"

七月儿

【原文】

有怀孕七个月，即产一儿者。其夫恐养不大，遇人即问。一日，与友谈及此事。友曰："这个月无妨，我家祖亦是七个月出世的。"其人错愕，问曰："若是这等说，令祖后来毕竟养得大否？"

【译文】

有个妇女怀孕七个月，就产下儿子。她的丈夫担忧儿子养不活，便遇到人就问。一天，与朋友谈到此事，朋友说："七个月不必担忧，我爷爷也是七个月出生的。"那人十分惊诧，问道："若是这样说，你爷爷后来养大了吗？"

试试看

【原文】

　　新妇与新郎无缘,临睡即踢打,不容近身。
郎诉之父,父曰:"毕竟你有不是处,所以如此。"
子曰:"若不信,今晚你去睡一夜试试看。"

【译文】

　　新妇与新郎无缘分,一到睡觉的时候就拳打脚踢,不让近身。新郎告诉了父亲,父亲说:"肯定你有不对的地方,所以才这样。"儿子说:"你若不信,今天晚上你睡一夜试试看。"

靠父膳

【原文】

　　一人廿岁生子,其子专靠父膳不能自立。一日算命云:"父寿八十,儿寿六十二。"其子大哭曰:"这两年叫我如何过得去。"

【译文】

　　有个人二十岁时生的儿子,其儿子成人后仍然靠父亲养活不能自立。一天算命先生对其父子说:"父亲寿命八十岁,儿子寿命六十二岁。"儿子听了大哭起来:"剩下的两年让我怎么活过去呢?"

觅凳脚

【原文】

乡间坐凳,多以现成树丫叉为脚者。一脚偶坏,主人命仆往山中觅取。仆持斧出,竟日空回,主人责之,答曰:"丫叉尽有,都是朝上生,没有向下生的。"

【译文】

乡间坐的凳子,大多是用现成的树杈做凳子腿。一天有条凳腿坏了,主人让仆人到山里去寻取。仆人拿着斧子走了,到了晚上空手而归。主人责备仆人,仆人回答说:"树杈极多,但都是朝上长的,没有朝下长的。"

访麦价

【原文】

一人命仆往枫桥打听麦价,仆至桥,闻有呼吃扯面者,以为不要钱的,连吃三碗径走,卖面者索钱不得,批其颊九下。急归谓主人曰:"麦价打听不出,面价吾已晓矣。"主问:"如何?"答曰:"扯面每碗要三个耳光。"

【译文】

有个人让仆人到风桥去打听麦子的价格,仆人到风桥后,听到有卖拉面的吆喝声，以为不要钱，接连吃了三碗就要走，卖拉面的索要面钱没有得到，便打了他九个耳光。仆人急忙返回对主人说："麦子的价格没有打听出来，但面价我已经晓得了。"主人问："价格是多少？"仆人回答说："拉面每碗要三个耳光。"

卧 睡

【原文】

一人睡在床上，仰面背痛，覆卧肚痛，侧困腰痛，坐起臀痛，百医无效。或劝其翻床，及翻动，见褥底铁秤锤一个垫在下面。

【译文】

有个人睡在床上，仰卧背痛，俯卧肚痛，侧躺腰痛，坐起屁股痛，求治数医无效。有人劝他翻翻床，待翻动床时，发现褥子底下垫着一个秤砣。

懒 活

【原文】

有极懒者，卧而懒起，家人唤之吃饭，复懒应。良久，度其必饥，乃哀恳之，徐曰："懒吃得。"家人曰："不吃便死，如何使得？"
复摇首慢应曰："我亦懒活矣。"

【译文】

　　有个极懒的人，躺着懒得起，家里的人招呼他吃饭，又懒得应声。过了好久，家里人揣度他一定饿了，便恳求他吃饭，懒人缓慢地说："懒得吃。"家里人说："不吃便要饿死，怎么能行！"懒人又摇头懒洋洋地答道："我也懒得活了。"

白鼻猫

【原文】

　　一人素性最懒，终日偃卧不起，每日三餐亦懒于动口，恹恹绝粒，竟至饿毙。冥王以其生前性懒，罚去变猫，懒者曰："身上毛片，愿求大王赏一全体黑身，单单留一白鼻，感恩实多。"王问何故，答曰："我做猫躲在黑地里，鼠见我白鼻，认作是块米糕，贪想偷吃，凑到嘴边，一口咬住，岂不省了无数气力。"

【译文】

　　有个人性情一向十分懒惰，整天睡卧不起，每日三餐也懒于动口，渐渐精神不振，断绝了饭食，竟活活饿死。冥王因他生前性情懒惰，罚其下辈子去做猫。懒人说："身上皮毛，愿求大王赏给一个全身黑色，唯独留一个白鼻子，我将十分感谢您。"冥王问其是何原因，懒人答道："我做猫躲在黑地里，老鼠见到我的白鼻子，以为是块米糕，便会贪想偷吃,待它们凑到嘴边时,我便可一口咬住,岂不省了许多力气。"

露 水 桌

【原文】

一人偶见露水桌子,因以指戏写谋篡字样,被一仇家见之,夺桌就走,往府首告。及官坐堂,露水已为日色曝干,字迹减去,官问何事,其人无可说得,慌禀曰:"小人有桌子一堂,特把这张来看样,不知老爷要买否?"

【译文】

有一人碰巧见到带有露水的桌子,于是用手指随意写了"谋篡"字样,被一仇人看见,仇人夺去桌子就跑,到官府告状。等到官员坐于堂上,露水已被日光晒干,字迹已无。官员问他有什么事情,那个人没有凭据可说,慌忙禀报说:"小人有一屋子桌子,特意把这张桌子拿来当样品,不知老爷要买不?"

衣 软

【原文】

一乡人穿新浆布衣入城,因出门甚早,衣为露水飘湿。及至城中,怪其顷软。事毕出城,衣为日色曝干,又硬如故。归谓妻曰:"莫说乡下人进城再硬不起来，连乡下人的衣服见了城里的衣服都会绵软起来。"

【译文】

有个农夫穿着新浆的衣服进城，因为出门太早，衣服被露水打湿，等到了城里，见衣服绵软，十分惊疑。办完事从城里出来，衣服被日光晒干，又和原先一样硬挺。农夫回到家后对妻子说："不要说乡下人进城硬不起来，就是乡下人的衣服见了城里的衣服都会绵软起来。"

看 戏

【原文】

有演《琵琶记》者，而找《关公斩貂蝉》者。乡人见之泣曰："好个孝顺的媳妇辛苦了一生，竟被那红脸蛮子害了。"

【译文】

有个戏班子演完《琵琶记》后，又接着演《关公斩貂蝉》。乡下人看了哭着说："好个孝顺的媳妇，辛苦了一生，竟被那红脸蛮子害死了。"

演　戏

【原文】

有演《琵琶记》者，找戏是《荆钗逼嫁》，忽有人叹曰："戏不可不看，极是长学问的，今日方知蔡伯喈的母亲就是王十朋的丈母。"

【译文】

有个戏班子演完《琵琶记》后，接着又演《荆钗逼嫁》，忽然有人慨叹说："戏不可不看，看戏是极长学问的，今天又晓得蔡伯喈的母亲就是王十朋的丈母娘。"

藏　年

【原文】

一人娶一老妻，坐床时，见面多皱纹，因问曰："汝有多少年纪？"妇曰："四十五六。"夫曰："婚书上写三十八岁，依我看来还不止四十五六，可实对我说。"曰："实五十四岁矣。"夫复再诘之，只以前言对。上床后更不过心，乃巧生一计，曰："我要起来盖盐瓮，不然被老鼠吃去矣。"妇曰："倒好笑，我活了六十八岁，并不闻老鼠会偷盐吃。"

【译文】

　　有一个人娶了一个老婆娘,坐在床上的时候,见她满脸皱纹,就问她:"你有多大年纪?"答:"四十五六。"丈夫说:"婚书上写的是三十八岁。依我看,还不止四十五六,你说实话,是多大?"答:"实际上五十四岁了。"丈夫仍然不信,再三盘问,仍然按刚刚说的岁数答复。上床后,那人更不放心,就巧生一计说:"我要起来去盖盐罐,不然被老鼠吃了。"妇人说:"真是笑死人,我活了六十八岁,还没有听说老鼠会偷盐吃。"

鹰　啄

【原文】

　　一母生一子一女,而女尤钟爱。及遣嫁后,思念不已,谓其子曰:"人家再不要养女儿,养得这般长成,就如被饿老鹰轻轻一爪便抓去了。"子曰:"阿姆,阿姆,他们如今正在那里啄着哩。"

【译文】

　　有一个母亲,生了一儿一女,她对女儿尤为喜爱,等到女儿出嫁之后,经常思念,便对儿子说:"一个人再也不要生女儿,等到长大成人就好像被饿老鹰轻轻一爪就抓去了。"儿子说:"妈妈,他们现在正在那里啄着呢。"

抢 婚

【原文】

有婚家女富男贫,男家虑其赖婚,率领众人抢亲,误背小姨以出。女家急呼曰:"抢差了!"小姨在背上曰:"不差不差,快走上些,莫信他哄你哩。"

【译文】

有对欲嫁娶的人家,女富男贫,男家怕女家赖婚,率领众人抢亲,误将小姨子背出。女家人急忙呼喊:"抢差了!"小姨子在背上说:"不差不差,快点跑,不要信,他们在哄骗你们哩!"

两 坦

【原文】

有一女择配,适两家并求,东家郎丑而富,西家郎美而贫。父母问其欲适谁家。女曰:"两坦。"问其故,答曰:"我爱在东家吃饭,西家去眠。"

【译文】

有个女人选择婚配,正赶上两家求婚,东家的小伙子貌丑而富有,西家的小伙子貌美而贫穷。父母问女儿打算嫁给哪一家,女子回答说:"两家都愿意。"问其缘故,女子回答说:"我愿意在东家吃饭,西家去睡觉。"

谢周公

【原文】

一女初嫁，哭问嫂曰："此礼何人所制？"嫂曰："周公。"女将周公大骂不已。及满月归宁，问嫂曰："周公何在？"嫂云："他是古人，寻他做甚？"女曰："我要做双鞋谢谢他。"

【译文】

有个女子出嫁，哭着问嫂子道："此礼是什么人制定的？"嫂子回答说："是周公。"女子听后大骂周公不止。等到度完蜜月回到娘家，女子问嫂子说："周公在哪里？"嫂子说："他是古人，找他做什么？"女子回答说："我要做双鞋谢谢他。"

舌头甜

【原文】

新婚夜，送亲席散。次日，厨司捡点桌面，不见一顶糖人，各处查问，新人忽大笑不止。喜娘在旁，问笑甚么，女答曰："怪不得昨夜一个人舌头是甜津津的。"

【译文】

新婚夜，送亲的宴席散去。第二天，厨师收拾桌面，发现没了一个糖人，便到处查询，新娘突然大笑不止。喜娘在旁问笑什么，新娘答道："怪不得昨夜一个人的舌头是甜滋滋的。"

大　话

【原文】

一女出嫁坐床，掌礼撒帐云："撒帐东，官人棒子好撞钟。"女忙接口云："弗怕。"喜嬷曰："新娘子不宜如此口快。"新妇曰："不是我也不说，才得进门，可恶他就把这大话来吓我。"

【译文】

有个女子出嫁时坐在床沿，司仪撒帐（旧时婚礼，新夫妇交拜时，妇女各以金钱彩果散掷，叫"撒帐"）说："撒帐东，官人棒子好撞钟。"新娘忙接口道："不怕。"喜娘说："新娘子不宜如此口快。"新娘说："不然我也不说，因为我刚刚进门，厌恶他用大话来吓唬我。"

日　进

【原文】

老年娶妾，欲结其欢心，说某处有田地若干，房屋若干，妾曰："这都不在我心上。从来说家财万贯，不如日进分文的好。"

【译文】

有个老头娶了一妾，老头想让妾高兴，便说自己在某处有田地若干，房屋若干，妾回答说："这都不是我所关心的。自古人们都说家财万贯，我觉得不如日进分文的好。"

开 路 神

【原文】

金刚遇开路神,羡之曰:"你我一般长大,我怎如你着好吃好。"开路神曰:"阿哥不知,我只图得些口腹耳。若论穿着,全然不济,剥去一层遮羞皮,浑身都是篾片了。"

【译文】

金刚神遇到开路神,羡慕地说:"你我大小一样,我却不如你穿得好、吃得好。"开路神回答说:"阿哥您不知道,我只图得到一些口福罢了,如果论穿着,全然不怎么样,剥去一层遮羞皮,浑身都是篾片(薄竹片)了。"

焦 面 鬼

【原文】

一帮闲途遇人家出丧,前有焦面鬼王,以为大老官人也,礼拜甚恭。少顷,大雨如注,而鬼身上纸衣被雨濯去。闲汉曰:"白日见鬼,我只道是大老官,却原来也是个篾片。"

【译文】

有个帮闲的人在路上遇到一人家出丧,前面有焦面鬼王,他以为是大老官人（做官的人），因此对其礼拜十分谦恭。不一会儿，下起雨来，雨大如注，焦面鬼身上的纸衣被雨浇掉，那个闲汉说："白天见鬼了，我还以为是大老官，原来也只是个篾片。"

咽糠

【原文】

一闲汉咽糠而出，忽遇大老官，留家早饭，答曰："适间用狗肉过饱，饭是吃不下了，有酒饮几杯。"既饮，忽吐而糠出焉。主见惊问曰："你说吃了狗肉，为何吐此？"其人睨视良久曰："咦，我自吃的狗肉，想必狗曾吃糠来。"

【译文】

有个闲汉吃糠后外出，突然遇到大老官（做官的人，也称普通的男子），大老官留闲汉在家吃早饭，闲汉回答说："刚才过于饱食狗肉，饭是吃不下了，有酒倒可以喝几杯。"闲汉喝酒之后突然呕吐，糠被吐了出来。主人见此吃惊地问道："你说吃了狗肉，为何吐出糠来？"闲汉睨视许久后回答道："咦，我自己吃的是狗肉，想必狗曾经吃过糠吧。"

望烟囱

【原文】

富儿才当饮啖，闲汉毕集。因问曰："我这

里每到饭享,列位便来,就一刻也不差,却是何故?"诸闲汉曰:"遥望烟囱内烟出,即知做饭,熄则熟矣,如何得错。"富儿曰:"我明日买个行灶来煮,且看你们望甚么。"众曰:"你若用了行灶,我等也不来了。"

【译文】

有个富人刚要吃饭,一帮闲汉便云集赶来。富人于是问道:"我这里每到饭熟,诸位便来,一刻也不差,这是什么缘故?"诸闲汉回答说:"遥望烟囱,见里边冒烟出来,便知道做饭了,等烟没了,饭就熟了,怎么能有差错呢?"富人说:"我明天买个行灶来煮饭,看你们还望什么?"众闲汉回答说:"你如果用了行灶,我们也不来了。"

老白相

【原文】

荒岁闲汉无处活口,值官府于玄妙观施粥。闲汉私议曰:"我等平昔鲜衣美食,今往吃粥,必贻人笑矣。"俄延久之,无奈腹中饿甚。曰:"姑待众饥民吃过,尾其后可也。"望人散之后而往,则粥已尽矣,乃以指拉食釜杓间余粥。道士见而问之,答曰:"我等原是捞(音"老")白相公耳。"

【译文】

灾荒之年,闲汉没处吃饭,正好官府在玄妙观施舍米粥。闲汉们暗地里商议说:"我们平日穿好吃好,今天到那里吃粥,必让人耻笑。"

过了半天，无奈肚子十分饥饿，说："姑且等众饥民吃过，尾随在他们后面吧。"闲汉们望见众饥民散去之后前往，可是粥已经没了，便用手指抠锅勺里的剩粥。道士看见后问他们是干什么的，闲汉们回答道："我们原是捞（老）白相公。"

件件熟

【原文】

帮闲人除夜与妻同饭。忽然笑曰："我想一生止受用得个'熟'字。你看大老官，哪个不熟；私窠小娘，哪个不熟；游船上，哪个不熟；戏子歌童，哪个不熟；箫管唱曲的，哪个不熟。"说未毕，妻忽大恸。其人问故，曰："天杀的，你既件件皆熟，如何我这件过年布衫，偏不替我赎（音同"熟"）。"

【译文】

有个帮闲的人，除夕之夜和妻子一起吃饭。忽然笑道："我想自己这辈子只是受用得一个'熟'字。你看大老官，我哪个不熟；私窠小娘，我哪个不熟；游船上的人，我哪个不熟；戏子歌童，我哪个不熟；箫管唱曲的，我哪个不熟。"未等那人说完，妻子突然大哭。那人问妻子为何大哭，妻子说："该死的，你既然件件事情都熟，为何我那件过年的布衫，偏不替我赎（音同'熟'）。"

活千年

【原文】

一门客谓贵人曰:"昨夜梦公活了一千年。"贵人曰:"梦生得死,莫非不祥么?"其人速转口曰:"啐,我说差了,正是梦公死了一千年。"

【译文】

有个门客对贵人(旧指地位显贵的人)说:"我昨天晚上梦见您活了一千年。"贵人说:"梦生得死,莫非是不祥之兆吧?"门客急忙改口道:"唉,我说差了,正是梦见您死了一千年。"

撞席

【原文】

老鼠与獭结交。鼠先请獭,獭答席,邀鼠过河,暂住觅食。忽一猫见之欲捕,鼠慌曰:"请我的倒不见,吃我的倒来了。"

【译文】

老鼠与獭结交。老鼠先请獭赴宴,之后獭请老鼠赴宴作为答谢,邀请老鼠过河时,獭暂时去寻觅食物。突然一只猫看见老鼠并准备要捕食它,老鼠十分惶恐,说:"请我的看不见,吃我的倒来了。"

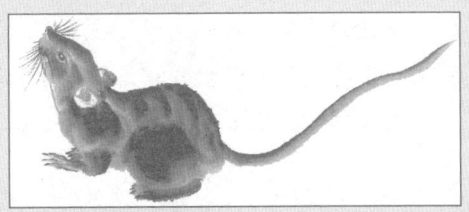

泥高壁

【原文】

燕子衔泥做巢,搬取蚯蚓上面土。蚓愤极曰:"你要泥高顶壁,为何把我来晦气?"燕子云:"我专怪你呵人家卵脬。"

【译文】

燕子衔泥做巢,搬取蚯蚓上面的土。蚯蚓十分愤怒,说:"你要用泥筑高顶壁,为何衔我上面的泥土,让我晦气?"燕子回答道:"我专怪你呵人家卵脬。"

争 座

【原文】

鼻与眉争座位。鼻曰:"一切香臭,皆我先知,我之功大矣。汝属无用之物,何功之有,辄敢位居我上?"眉曰:"是则然矣。假如鼻头坐上位,世上有此理否?"

【译文】

鼻子与眉毛争座位。鼻子说:"一切香臭,都是我先知道,我的功劳大,你属于无用之物,何功之有,竟然敢位居我上面?"眉毛回答道:"这是必然的。假如鼻头坐在我上面,难道世间会有这样的事理吗?"

婢子

【原文】

有婢生子。既长，或问其号，子谦逊久之，乃曰："贱号小梅。"问："尊公称号何梅？"答曰："非也，乃家母名腊梅耳。"

【译文】

有个婢女生了儿子。长大后，有人问他称号，儿子谦逊许久，回答道："贱号小梅。"那人又问："你父亲称号是什么梅？"儿子回答道："不对，是我母亲名叫腊梅。"

屁股痛

【原文】

麻苍蝇与青苍蝇结为兄弟。青蝇引麻蝇到一酒席上，麻蝇恣意饮啖，被小厮拿住。将竹签插入屁股，递灯草与他使棍，半日才得脱身。遇着青蝇泣诉曰："承你挈带，吃倒尽有，只是屁股有些痛。"

【译文】

麻苍蝇与青苍蝇结为兄弟。青苍蝇带麻苍蝇到一酒席上，麻苍蝇尽情吃喝，被一个小厮捉住，将竹签插入麻苍蝇的屁股，任意耍弄，半日才得以逃脱。麻苍蝇遇到青苍蝇哭泣道："多谢你携带，吃喝倒是应有尽有，只是屁股有些痛。"

梦里梦

【原文】

妓与客久别复会，各道相思。妓云："我无夜不梦见你同食、同眠、同游戏，乃是积想所致。"客曰："我亦梦之。"妓问曰："梦怎的？"客曰："我梦见你不梦见我。"

【译文】

妓女与嫖客久别后相会，各自述说相思之情。妓女说："我没有一夜不梦见与你同吃、同睡、同玩游戏，这是积想所致。"嫖客说："我也梦见你。"妓女问道："怎样梦的？"嫖客说："我梦见你没有梦见我。"

年倒缩

【原文】

一商人嫖妓，问其青春几何，妓曰："十八岁。"越数年，商人生意折本，仍过其家，妓忘之。问其年，则曰："十七。"又过数年，入其家问之，则曰："十六。"商人忽涕泣不止，妓问何故，曰："你的年纪，倒与我的本钱一般，渐渐的缩小了，想到此处，能不令人伤心。"

【译文】

有个商人嫖妓女，问其年龄多大，妓女说："十八岁。"过了数年，商人生意亏本，路过妓院遇到那个妓女，妓女已经忘记他了。商人问妓女年龄，妓女回答说："十七。"又过了数年，商人来到妓院，问那个妓女多大年纪，妓女回答说："十六。"突然，商人啼哭不止，妓女问他为什么哭，商人说："你的年纪，与我的本钱一样，渐渐地缩小了，想到这里，能不令人伤心吗！"

追度牒

【原文】

一乡官游寺，问和尚吃荤否，曰："不甚吃，但逢饮酒时略用些。"曰："然则汝又饮酒乎？"曰："不甚吃，但逢家岳妻舅来，略陪些。"乡官怒曰："汝又有妻，全不像出家人的戒行，明日当对县官说，追你度牒。"僧曰："不劳费心，三年前贼情事发，早已追去了。"

【译文】

有个乡官游览寺庙，问和尚是否吃荤，和尚答："不常吃，只逢饮酒时吃一些。"乡官说："那么你也饮酒吗？"和尚答："不经常喝，只逢岳父、妻舅来，陪他们喝一些。"乡官听了大怒道："你还有妻子，完全不像出家人的戒行。明天要对县官说，追回你的度牒。"和尚回答道:"不必劳你费心了,三年前,我行窃之事败露,早已追回去了。"

注:度牒,中国封建时代度僧(即准许出家)归政府掌管,经审查合格得度后,政府所发给的证明文件,称为"度牒"。

掠缘簿

【原文】

和尚做功德回,遇虎惧甚,以铙钹一片击之,复至再投一片,亦如之。乃以经卷掠去,虎急走归穴。穴中母虎问故,答曰:"适遇一和尚无礼,只扰得他两片薄脆,就掠一本缘簿过来,不得不跑。"

【译文】

有个和尚做功德(诵经念佛布施等)回来,路上遇到老虎,十分害怕,用一片铙钹(打击乐器)打虎,老虎躲后又回来,和尚又投一片,老虎躲开又回来。于是和尚把经卷向老虎撇去,老虎急忙跑回洞里。洞里母老虎问其为何慌乱跑回来。老虎回答说:"刚才遇到一个和尚无礼,刚撒了两片薄脆钹,就扔过来一本化缘簿,不得不跑。"

鬼王撒尿

【原文】

大族出丧,路遇大雨。女眷人等,避于路旁檐下。和尚没处存身,暂躲开路神腹内。少顷,一僧从神腰里伸头探望,看雨住否,诸女眷惊曰:"我们回避,开路神要撒尿哩。"

【译文】

有个大族人家出丧,路遇大雨。女家眷等人,躲避在路旁庙檐下。和尚没处存身,暂时躲藏在开路神的腹内。不一会儿,一个和尚从开路神的腰里伸出头来探望,看雨停了没有,众女家眷吃惊地说:"我们赶快回避,开路神要撒尿哩!"

发往丰都

【原文】

有素不信佛事者,死后坐罪甚重。乃倾其实资,延请僧鬼作功果,遍觅不得。问人曰:"此间固无僧乎?"曰:"来是来得多,都发往丰都了。"

【译文】

有个一向不信佛的人,死后阎王给他判了极重的罪。那人拿出家中所有的资财,聘请僧鬼为他诵经念佛以求有个好托生,到处寻找也没找到,便向人打听:"这里原本就没有和尚吗?"回答说:"来是来了很多,但都发往丰都(迷信传说指阴间)了。"

忏　悔

【原文】

孝子忏悔亡父，僧诵《谱天咒》，至南无佛佗耶句，孝子喜曰："正愁我爷难过奈何桥，多承佗过了。"乃出金劳之。僧曰："若肯从重布施，连你娘等我也佗了去吧。"

【译文】

有个孝子向死去的父亲忏悔，请和尚念诵《谱天咒》以超生，念诵到"南无佛陀耶"这句时，孝子高兴地说："正愁我爹难过奈何桥，承蒙你给驮过去了。"接着，孝子拿出钱慰劳和尚。和尚说："你如果肯献出更多的钱，连你娘等人我也驮过去。"

追　荐

【原文】

一僧追荐亡人，需银三钱，包送西方。有妇超度其夫者，送以低银。僧遂念往东方，妇不悦，以低银对，即算补之，改念西方。妇哭曰："我的天，只为几分银子，累你跑到东又跑到西，好不苦呀。"

【译文】

　　有个和尚超度死了的人，须收三钱银子，保证将死者送至西方。有个妇女超度（僧、玄、道士为人诵经拜忏，说是可以救亡者超越苦难）丈夫，但送给和尚的银钱不够，和尚于是念往东方。妇女不高兴，问和尚为何念往东方，和尚回答说给的银钱不够，妇女立即补足了银钱，之后和尚改念西方。妇女大哭说："我的天，只因为几分银子，累你跑向东又跑向西，好痛苦呀。"

哭响屁

【原文】

　　一人以幼子命犯孤宿，乃送出家。僧设酒款待，子偶撒一屁甚响，父不觉大恸。僧曰："撒屁乃是常事，何以发悲？"父曰："我想小儿此后要撒这个响屁，再不能够了。"

【译文】

　　有个人因为小儿命犯孤宿，因而送儿子出家。和尚设酒款待，小儿偶然放了一个响屁，父亲不由得十分悲哀。和尚说："放屁乃是常事，为何要悲哀呢？"父亲说："我想小儿从今以后要放这个响屁，再也不可能了。"

闻 香 袋

【原文】

　　一僧每进房，辄闭门口呼亲肉心肝不置。众徒俟其出，启钥觇之，无他物，惟席下一香囊耳。众疑此有来历，乃去香，实以鸡粪。僧既归，仍闭门取香囊，且嗅且唤曰："亲肉心肝呀，你怎么这等臭，莫非撒了一屁么？"

【译文】

　　有个和尚每次进到卧室，总是关上门，口喊亲肉心肝不停。徒弟们乘他外出，想要捉弄他。可是寻遍了他的卧室，也没发现任何可疑的东西，只有席子下有个香囊。徒弟们怀疑这个香囊有特殊来历，于是去掉香粉，塞进鸡粪。和尚回来后，仍然关上门，取出香囊，一边闻一边呼唤道："亲肉心肝呀，你怎么这样臭，难道是放了一个屁吗？"

桩 粪

【原文】

　　有买粪于寺者，道人索倍价，乡人讶之。道人曰："此粪与他处不同，尽是师父们桩实落的，泡开来一担便有两担。"

【译文】

　　有个乡民向寺庙买粪，道士索要双倍的价钱，乡民十分惊讶。道士说:"此粪与其他地方的不同,都是师父们桩实落的,泡开来一担便是两担。"

上下光

【原文】

师号光明,徒号明光。客问:"贤师徒法号如何分别?"徒答曰:"上头光是家师,下头光即是小僧。"

【译文】

师父法号光明,徒弟法号明光。客人询问:"贤师、贤徒怎么分别?"徒弟回答说:"上头光的是家师,下头光的就是小僧。"

卖 字

【原文】

一妇游虎丘,手持素扇。山上有卖字者,每字索钱一文。妇止带有十八文求写,卖写者题曰:"美貌一佳人,胭脂点嘴唇,好像观音样,少净瓶。"子持扇,为馆师见之,问此扇何来,子述以故。师曰:"被他取笑了。"因取钱十七文,看他如何写法。卖者即书云:"聪

明一秀才,文章滚出来,一日宗师到,直呆。"生取扇,含怒下山,途遇一僧,询知其故。僧曰:"待小僧去难他。"遂携十六文以往。写者题曰:"伶俐一和尚,好像如来样,睡到五更头,硬。"僧曰:"足韵不雅,补钱四文,求你换过。"卖字曰:"既写,如何抹去,不若与你添上吧。"援笔写曰:"硬到大天亮。"

【译文】

有个妇女游览虎丘,手拿丝绸扇子。山上有个卖字的,每题一字要钱一文。妇女只带有十八文钱让其题字,卖字的题字道:"美貌一佳人,胭脂点嘴唇,好像观音样,少净瓶。"妇女的儿子拿着扇子,被教书先生看见了,询问此扇来历,儿子把题字经过告诉了他。教书先生说:"被他取笑了。"于是拿钱十七文,试看卖字的如何题字。卖字的马上写道:"聪明一秀才,文章滚出来,一日宗师到,直呆。"教书先生拿着扇子含怒下山,途中遇到一个和尚,和尚询问后知道了教书先生恼怒的缘故。和尚说:"等小僧我去难他。"于是携带十六文前往。卖字的写道:"伶俐一和尚,好像如来样,睡到五更头,硬。"和尚说:"尾韵不雅,补交四文钱,求你更换一下。"卖字的说:"已经写定了,怎好抹去,不如给你添上吧。"随即操起笔来写道:"硬到大天亮。"

没骨头

【原文】

秀才、道士、和尚三人,同船过渡。舟人解缆稍迟,众怒骂曰:"狗骨头,如何这等怠慢。"

舟人怒气渡众，下船撑到河中，停篙问曰："你们适才骂我狗骨头，汝秀才是甚骨头？讲得有理，饶汝性命，不然推下水去！"士曰："我读书人攀龙附凤，自然是龙骨头。"次问道士，乃曰："我们出家人，仙风道骨，自然是神仙骨头。"和尚无可说得，乃慌哀告曰："乞求饶恕，我这秃子，从来是没骨头的。"

【译文】

秀才、道士、和尚三人同乘一条船过河。艄公解缆绳稍微有些迟缓，三人大怒，骂道："狗骨头，为何这样怠慢我们。"艄公听了十分恼怒，忍气摆渡。撑到河中时，停船问道："你们刚才骂我狗骨头，你秀才是什么骨头？如果讲得有理，饶你们的性命，否则推下水去！"秀才说："我读书人，攀龙附凤，自然是龙骨头。"艄公又问道士，道士说："我们出家人，仙风道骨，自然是神仙骨头。"和尚没有什么可说，便惶恐哀求道："乞求饶恕，我这秃子，从来是没骨头的。"

倒 挂

【原文】

一士问僧云："你看我腹中是甚么？"僧曰："相公自然满腹文章在内。"士曰："非也。"曰："然则是五脏六腑乎？"士曰："亦非也。"僧问何物，

曰："一肚皮和尚。若不信，现有一光头挂在外面。"

【译文】

有一人问和尚："你看我腹中有什么？"和尚答："相公您自然是满腹文章在内。"那人说："不对。"和尚说："那么就是五脏六腑了？"那人说："也不对。"和尚问那人到底是什么东西，那人回答说："是一肚皮和尚，如果不信，现有一个光头挂在外面。"

僧　浴

【原文】

见道家洗浴，先请师太，次师公，后师父，挨次而行，毫不紊乱。因感慨自叹曰："独我僧家全无规矩。老和尚不曾下去，小和尚先脱得精光了。"

【译文】

和尚见道家洗澡，先请师祖，次请师爷，再请师父，逐次进行，毫不紊乱，于是感慨自叹道："就我佛家完全没有规矩，老和尚还未下去，小和尚却先脱得精光了。"

问　秃

【原文】

一秀才问僧人曰："秃字如何写？"僧曰："不

过秀才的尾巴弯过来就是。"

【译文】

有个秀才问和尚道:"'秃'字怎么写?"和尚回答道:"只不过是秀才的尾巴弯过来就是了。"

当真取笑

【原文】

和尚途行,一小厮叫曰:"和尚和尚,光头浪荡。"僧怒云:"一个筋头翻在你娘肚上。"妇怒曰:"我家小厮,不过作耍,为何出此粗言?"僧曰:"娘娘,难道小僧当真,何须着急?"

【译文】

有个和尚在路上走,一个小孩喊道:"和尚和尚,光头浪荡。"和尚听了大怒道:"一个筋斗,翻在你娘的肚子上。"小孩的母亲听了发怒说:"我家小孩,不过是开玩笑,你为何出此粗言?"和尚回答说:"娘娘,难道小僧我说的是真话不成?何须着急?"

道士狗养

【原文】

猪栏内忽产下一狗,事属甚奇。邻里环聚议曰:"道是("士"同音)狗养的,又是猪的种;

道是（士）猪养的，又是狗的种。"

【译文】

　　猪栏突然产下一只狗崽，实属奇怪事。邻居们围在一起议论说："道是（音同'士'）狗养的，又是猪的种；道是（音同'士'）猪养的，又是狗的种。"

跳　墙

【原文】

　　一和尚偷妇人，为女夫追逐，既跳墙，复倒坠，见地下有光头痕，遂捏拳即指痕土上如冠子样，曰："不怕道士不承认。"

【译文】

　　有个和尚偷戏一妇女，被妇女的丈夫追赶，和尚跳墙，结果倒栽下去，在地上留下光头的痕迹，于是和尚握着拳头在地上压出了一个帽子的形状，说："不怕道士不承认。"

驱　蚊

【原文】

　　一道士自夸法术高强，撇得好驱蚊符。或请得以贴室中。至夜蚊虫愈多，往咎道士。道士曰："吾试往观之。"见所贴符曰："原来用得不如法耳。"问："如何用法？"曰："每夜赶好蚊虫，须贴在帐子里面。"

【译文】

有个道士自夸法术高明，强人一筹，做得一手好驱蚊符。有人求他做了一道驱蚊符，贴在卧室里。到了晚上蚊虫更多，那人到道士那里责怪。道士说："待我去看看。"道士见了那人所贴的驱蚊符说："原来是用得不合方法的缘故。"那人问："那该怎么个用法？"道士说："每天晚上赶好蚊虫，必须将驱蚊符贴在蚊帐里面。"

谢 符

【原文】

一道士过王府墓，为鬼所迷，赖行人救之，扶以归。道士曰："感君相救，无物可酬，有避邪符一道，聊以奉谢。"

【译文】

有个道士碰到王府的墓地，被鬼所迷，凭借过路人相救，扶他回来。道士说："感谢你相救，没什么东西可以酬谢，只有避邪符一道送给你，略表谢意。"

开 当

【原文】

有慕开典铺者,谋之人曰:"需本几何?"曰:"大典万金,小者亦需千计。"其人大骇而去。更请一人问,曰:"百金开一钱当亦可。"又辞去。最后一人曰:"开典如何要本钱,只需店柜一张,当票数纸足矣。"此人乃欣然择期开典。至日,有持物来当者,验物收讫,填空票付之。当者索银,答曰:"省得称来称去,费坏许多手脚,待你取赎时,只将利银来交便了。"

【译文】

有个人十分羡慕开当铺的,向人询问道:"开当铺需要多少本钱?"回答说:"大的当铺需用钱一万,小当铺也需几千。"此人大吃一惊,便走了。又向另外一人询问,回答说:"一百两银子也可以开一间当铺。"那人又走了。最后有个人对他说:"开当铺哪里需要本钱,只需一张柜子,数张当票就够了。"此人于是欣然选择日期开起当铺。到了开当铺的那一天,有拿东西来当的,此人验收完了便填了一张当票交给来当的人。来人索要当钱,此人回答说:"省得交来交去,费了许多手续,等你赎回当物时,只将利钱交上就行了。"

请 神

【原文】

一吝者,家有祷事,命道士请神,乃通诚请两京神道。主人曰:"如何请这远的?"道士答曰:"近处都晓得你的情性,说请他,他也不信。"

【译文】

有个吝啬鬼,家遇祈祷之事,让道士请神驱邪,于是道士恳请两京的神道。主人说:"为何请这么远的?"道士回答说:"近处的神都晓得你的秉性,说请他,他也不信。"

好 放 债

【原文】

一人好放债。家已贫矣,止余斗粟,仍谋煮粥放之。人问曰:"如何起利?"答曰:"讨饭。"

【译文】

有个人好放债,家里已经穷了,只剩斗米,仍计划煮粥放债。别人问他:"怎样收取利息?"那人回答说:"讨饭。"

大 东 道

【原文】

　　好善者曰："闻当日佛好慈悲，曾割肉喂鹰，投崖喂虎，我欲效之，但鹰在天上，虎在山中，身上有肉，不能使啖。夏天蚊子甚多，不如舍身斋了蚊罢。"乃不挂帐，以血饲蚊。佛欲试其虔诚，变一虎啖之，其人大叫曰："小意思吃些则可，若认真这样大东道，如何当得起。"

【译文】

　　有个好行善的人说："听说佛祖慈悲好行善，曾经割自己的肉喂老鹰，并投下悬崖喂老虎。我要仿效他，但老鹰在天上，老虎在深山里，我身上的肉他们吃不到。夏天蚊虫极多，不如舍身斋济蚊虫算了。"于是不再挂蚊帐，以血喂蚊虫。佛祖想要试验他是否虔诚，变作一只老虎来吃他，那人大叫道："小意思吃点倒可以，但如果真的来了这样一个大吃客，叫我如何担当得起。"

命 穷

【原文】

　　乡下亲家新制佳酿，城里亲家慕而访之，冀其留饮。适亲家往外，亲母命子款待，权为荒榻留宿。其亲母卧房止隔一壁，亲家因未得好酒到口，方在懊闷，值亲母桶上撒尿，恐声响不雅，努力将臀夹紧，徐徐滴沥而下。亲家听见，私自喜曰:"原来才在里面滴酒哩,想明早得尝其味矣。"亲母闻音,不觉失笑,下边松动,尿声急大,亲家拍掌叹息曰:"真是命穷,可惜滤酒榨袋又撑破了。"

【译文】

乡下亲家新酿了好酒,城里亲家听说后去拜访,希望能被留下饮酒。恰巧乡下亲家外出了,亲家母让儿子招待,勉强留他在破屋子里住宿。亲家母卧室与他只隔一壁。亲家因为没喝到好酒,正在烦恼,恰巧亲家母在桶上撒尿,因恐声响不雅,便尽力把屁股夹紧,尿徐徐滴沥而下。亲家听见了,暗自高兴地说:"原来刚刚在里面滤酒哩,想明早可以尝到酒味了。"亲家母听到他说的话,不由得失笑,下边松动,尿声且急又大,亲家拍掌叹息道:"真是没有好命,可惜滤酒的袋子又撑破了。"

兄弟种田

【原文】

有兄弟合种田者,禾既熟,议分。兄谓弟曰:"我取上半截,你取下半截。"弟讶其不平,兄曰:"不难,待明年,你取上,我取下,可也。"至次年,弟催兄下谷种,兄曰:"我今年意欲种芋头哩。"

【译文】

有兄弟俩合伙种田,庄稼已经成熟,二人商议如何分配。哥哥对弟弟说:"我要上半截,你要下半截。"弟弟听了十分吃惊,认为不公,哥哥回答说:"这好办,等到明年,你要上半截,我要下半截。"弟弟同意了。到了第二年春天,弟弟催促哥哥播种,哥哥说:"我今年打算要种芋头哩。"

合伙做酒

【原文】

甲乙谋合本做酒,甲谓乙曰:"汝出米,我出水。"乙曰:"米若我的,如何算账。"甲曰:"我决不亏心,到酒熟时只还我这些水罢了,其余多是你的。"

【译文】

甲乙两人商议合伙酿酒,甲对乙说:"你出米,我出水。"乙说:"米如果我出,最后如何算账?"甲说:"我决不占你的便宜,到酿好酒时,只把水还给我,其余的全都归你。"

翻　脸

【原文】

穷人暑月无帐,复惜蚊烟费,忍热拥被而卧。蚊嗜其面,邻家有一鬼脸借而带之。蚊口不能入,谓曰："汝不过惜一文钱耳,如何便翻了脸?"

【译文】

　　有个穷人暑天没有蚊帐,又吝惜点蚊香觉得太浪费,忍耐暑热盖被而睡。蚊子叮咬他的脸,于是,他向邻居借来一个鬼脸戴在脸上。蚊子咬不着他的脸,说道："你不过吝惜一文钱罢了,怎么就翻了脸?"

画　　像

【原文】

　　一人要写行乐图,连纸笔颜料,共送银二分。画者乃用水墨在荆川纸上画出一背,人见大怒曰:"写真全在容颜,如何写背?"画者曰:"我劝你莫把面孔见人罢。"

【译文】

　　有个人请画师画一幅行乐图,连同纸笔颜料在内,共给了画师二分银子。于是画师用墨水在荆川纸上画了一个背影像。那人见了大怒道:"画像全在人的容貌,为什么画背?"画师说:"我劝你不要把面孔拿出来见人吧。"

许　日　子

【原文】

　　一人性极吝啬,从无请客之事。家僮偶持碗

一篮,往河边洗涤,或问曰:"你家今日莫非宴客耶?"僮曰:"要我家主人请客,除非那世里去。"主人知而应曰:"谁要你轻易许下他日子。"

【译文】

有个人极其吝啬,从来没请过客。家里的仆僮偶尔拿一篮碗,到河边去洗涤,有人问道:"你家今天莫非要请客吗?"仆僮回答说:"要我家主人请客,除非下辈子。"主人知道了此事后骂道:"谁让你轻易许下他日子。"

携 灯

【原文】

有夜饮者,仆携灯往候,主曰:"少时天便明,何用灯为。"仆乃归。至天明,仆复往接,主责曰:"汝大不晓事,今日反不带灯来,少顷就是黄昏,叫我如何回去。"

【译文】

有个夜间在外饮酒的人,仆人携灯去接他,主人说:"再过一会儿天就亮了,拿灯来有什么用呢?"仆人于是回去了。到了天亮,仆人又去接他,主人责怪道:"你太不懂得事理,现在反而不带灯来,一会儿就是黄昏,叫我怎么回去?"

不留客

【原文】

客远来久坐,主家鸡鸭满庭,乃辞以家中乏物,不敢留饭。客即指刀,欲杀己所乘马治餐。主曰:"公如何回去?"客曰:"凭公于鸡鸭中,告借一只,我骑去便了。"

【译文】

有个客人远道而来,坐了很久,主人家里本是鸡鸭满院,但仍然借口说家里缺少东西,不敢留客人吃饭。客人马上借刀,打算杀掉自己骑的马来做饭。主人说:"那你怎么回去?"客人说:"请你在鸡鸭中借我一只,我骑着回去就是了。"

不留饭

【原文】

一客坐至晌午,主绝无留饭之意,适闻鸡声,客谓主曰:"昼鸡啼矣。"主曰:"此客鸡不准。"客曰:"我肚饥是准的。"

【译文】

一个客人坐到中午,主人毫无留饭之意,正好赶上鸡叫,客人对主人说:"鸡报时该吃午饭了。"主人说:"这只别家的鸡报时不准。"客人说:"我肚子饿是准的。"

吃 人

【原文】

一人远出回家对妻云："我到燕子矶，蚊虫大如鸡。后过三山峡，蚊虫大如鸭。昨在上新河，蚊虫大如鹅。"妻云："呆子，为甚不带几只回来吃。"夫笑曰："它不吃我就够了，你还敢想去吃它。"

【译文】

有个人出远门回家后对妻子说："我到燕子矶，蚊虫大如鸡。后过三山峡，蚊虫大如鸭。昨在上新河，蚊虫大如鹅。"妻子说："呆子，为什么不带几只回来吃。"丈夫笑道："它不吃我就够了，你还敢想去吃它。"

悭吝

【原文】

一人性最悭吝，忽感痨瘵之疾，医生诊视云："脉气虚弱，宜用人参培补。"病者惊视曰："力量绵薄，唯有委命听天可也。"医士曰："参既不用，须以熟地代之，其价颇贱。"病者摇首曰："费亦太过，愿死而已。"医知其吝啬，乃诈言曰："别有一方，用干狗屎调黑糖一二文服之，亦可以补而。"有疾者跃然起问曰："不知狗屎一味，可用否？"

【译文】

有个人性情最为吝啬，忽然得了痨瘵之病，医生诊断说："脉气虚弱，最好用人参补补身体。"病人十分吃惊，看着医生说："身体虚弱，只好听天由命。"医生说："如果不用人参，必须用熟地代替，它的价钱便宜多了。"病人摇头说："花费也不少，情愿去死。"医生晓得他吝啬，便欺骗他说："还有一个药方，用干狗屎和一二文钱的红糖服下去，也可以补身子。"病人兴奋地问道："不晓得狗屎一味，可以单独用吗？"

卖 粉 孩

【原文】

一人做粉孩儿出卖，生意甚好，谓妻曰："此后只做束手的，粉可稍省。"果卖去。又曰："此后做坐倒的，当更省。"仍卖去。乃曰："于今做垂头而卧者，不更省乎！"及做就，妻捉起看曰："省则省矣，只是看看不像人了。"

【译文】

一个人做粉孩儿出卖，生意很好，对妻子说："以后只做没有手的，那样可节省一些粉。"结果也卖掉了。那人又对妻子说："以后只做坐着的，那样更节省。"结果仍然卖掉了。接着又对妻子说："如果做低头躺着的，不是更节省吗？"等到做完了，妻子拿起来说："省倒是省了，只是看看不像人了。"

独管裤

【原文】

一人谋做裤而吝布,连唤裁缝,俱以费布辞去。最后一缝匠云:"只需三尺足矣。"其人大喜,买布与之,乃缝一脚管,令穿两足在内。其人曰:"迫甚,如何行得?"缝匠曰:"你脱煞要省,自然一步也行不开的。"

【译文】

有个人想做一条裤子,又怕多费布,一连找了好几个裁缝,都因为嫌费布没做成。最后一个裁缝说:"只需要三尺布就足够了。"那个人十分高兴,买布交给了裁缝。裁缝于是缝了一只裤腿,让他把两腿穿在里边。那人说:"着急的时候,如何行走?"裁缝说:"你死命要省,自然一步也行走不了了。"

莫想出头

【原文】

一性吝者,买布一丈,命裁缝要做马衣一件,裤一条,袜一双,余布还要做顶包巾。匠每以布少辞去。落后一裁缝曰:"我做只消八尺,倒与你省却两尺，何如？"其人大喜，缝者竟做成一长袋，将此人从头套至脚，用绳收紧。其人曰："气闷极矣。"匠曰："同着你这悭吝鬼，自然是气闷的。省是省了，要想出头却难哩。"

【译文】

有个人十分贪吝，买了一丈布，想让裁缝做一件马褂、一条裤子、一双袜子，剩余的布还要做顶帽子。许多裁缝都因为布不够用而不为他做。最后有个裁缝说："我做只需用八尺，还可以省下两尺，怎么样？"那人听了十分高兴。裁缝竟然做成一个长口袋，将那人从头套到脚，之后用绳绑紧袋口。那人说："气太闷了。"裁缝回答道："遇着你这个吝啬鬼，自然是要气闷的，布省是省了，但想要出头却难哩！"

一毛不拔

【原文】

一猴死见冥王，求转人身。王曰："既欲做人，须将身上毛尽行拔去。"即唤夜叉动手，方拔一根，猴不胜痛楚，王笑曰："畜生，看你一毛不拔，如何做人。"

【译文】

有只猴子死后见到冥王，请求来世托生为人。冥王说："既然要做人，须将身上的毛全部拔去。"随即唤夜叉动手拔毛，才拔一根，猴子经不住疼痛，大叫不止。冥王笑道："畜生，看你一毛不拔，如何做人。"

粪 鸡

【原文】

东家供师甚薄，久不买荤。一日粪缸内淹死一鸡子，烹以为饭，师食而疑之，问其徒。徒以实告，师愤甚。少顷，主人进馆，师忙执笤帚一把，塞其口中，逼使尽食。东家曰："笤帚如何吃得？"师曰："你既不肯吃笤帚，如何倒叫先生吃粪鸡。"

【译文】

有户人家供给教书先生的饭食很差，很长时间也没有买过荤菜。有一天，粪缸内淹死一只鸡，煮后给先生吃。先生尝后感到可疑，问其学生，学生以实相告，先生十分愤怒。不一会儿，主人进屋，先生急忙拿起笤帚，塞进主人嘴中，逼他全部吃了。主人说："笤帚怎么能吃？"先生说："你既不肯吃笤帚，为何反倒让我吃粪鸡！"

恶 神

【原文】

一神道险恶，赛者必用生人祭奠。有酬愿者，苦乏人献，于供桌中挖一孔，藏身在桌下，而伸头于桌面，俟神举箸，头忽缩小。神大怒，骂曰："这班小鬼都是贼，才得举箸，如何吓就一些没有了。"

【译文】

　　有个恶神极其险恶凶残，如果有求于他，必须用活人去祭奠。有个人想要实现一桩心愿打算求恶神帮忙，由于缺少活人祭奠，十分苦恼，于是在供桌上挖了一个洞，把身子藏在桌下，头伸出桌面。等到恶神举起筷子去夹，头突然缩回。恶神大怒，骂道："这些小鬼都是贼，才举起筷子，怎么一下子就一点没有了？"

一味足矣

【原文】

　　一先生开馆，东家设宴相待，以其初到加礼，乃宰一鹅款饮。至酒阑，先生谓东翁曰："学生取扰的日子长，以后饮馔，务须从俭，庶得相安。"因指盘中鹅曰："日日只此一味足矣，其余不必罗列。"

【译文】

　　有个教书先生新到一户人家教书，主人设宴相待，因为教书先生初来乍到，特宰杀一只鹅，以敬礼仪。酒快喝完的时候，先生对主人说："学生我打扰的日子很长，以后饮酒用餐，务须从俭，才能得以心相安。"接着指着盘中的鹅说："每天只有这一味菜就够了，其余的不必破费。"

卖肉忌赊

【原文】

有为儿孙作马牛者,临终之日,呼诸子而问曰:"我死之后,汝辈当如何殡殓?"长子曰:"仰体大人惜费之心,不敢从厚,蒿衣布衾,二寸之棺,一寸之椁,墓道仅以土封。"翁攒眉良久,责其多费。次子曰:"衣衾棺椁,俱不敢用,但择蒿荐一条,送于郊外,谓之火葬而已。"翁犹疾其过奢。三子默喻父意,乃诡词以应曰:"吾父爱子之心,无所不至,既经殚力于生前,岂惜捐躯于死后,不若以大人遗体,三股均分,斩作一日之屠儿,以享百年之遗泽,何等不好。"翁乃大笑曰:"吾儿此语,适获我心。"复戒之曰:"对门王三老,惯赖肉钱,断断不可赊。"

【译文】

有个人为儿孙做了一辈子牛马,临死之前叫来儿子们问道:"我死了之后,你们打算如何安葬我?"大儿子说:"我们已领会您怕浪费的心思,所以不敢厚葬,打算用粗布盖上尸体,里面用二寸厚的内棺,外面用一寸厚的套棺,坟墓只用土埋。"老头皱眉良久,责备他太浪费。二儿子说:"衣服、被盖、内棺、外棺,都不敢用,只用一条草帘子,把尸体送到郊外,用火烧掉就行了。"老头仍然认为过于奢侈。三儿子内心领会了父亲的心意,便谎言应答道:"父亲爱子之心,无微不至,既然生前拼命劳作,难道在死后会吝惜捐躯吗?不如把您的遗体,砍成三段分给三个儿子,以充当一天的屠肉卖给他人,这样便可实现父亲的遗愿,是再好不过的了。"老头于是大笑说:"我儿的这番话,正对我的心思。"接着又告诫儿子说："对门王老三，一贯好赖肉钱，千万不要赊给他。"

白伺候

【原文】

夜游神见门神夜立，怜而问之曰："汝长大乃尔，如何做人门客，早晚伺候，受此辛苦？"门神对曰："出于无奈耳。"曰："然则有饭吃否？"答："若要他饭吃时，又不要我上门了。"

【译文】

夜游神看见门神夜晚为人守立门旁，十分可怜他，问道："你高大魁梧，为何做人家门客，早晚伺候，受此辛苦？"门神说："出于无奈罢了。"夜游神又问："那么有饭吃吗？"门神回答说："如果向他要饭吃，又不让我上门了。"

梦戏酌

【原文】

一人梦赴戏酌，方定席，为妻惊醒，乃骂其妻。妻曰："不要骂，趁早睡去，戏文还未半本哩。"

【译文】

有个人梦里去看戏，刚刚坐稳，被妻子惊醒，于是大骂妻子。妻子说:"不要骂,趁早睡去,戏文还未演到一半哩!"

梦美酒

【原文】

一好饮者,梦得美酒,将热而饮之,忽被惊醒,乃大悔曰:"早知如此,恨不冷吃。"

【译文】

有个好喝酒的人,做梦时得到好酒,打算热了以后再喝,突然被惊醒,于是十分懊悔,说:"早知如此,不如趁冷喝了。"

截酒杯

【原文】

使僮斟酒不满,客举杯细视良久,曰:"此杯太深,当截去一段。"主曰:"为何?"客曰:"上半段盛不得酒,要他何用?"

【译文】

仆僮斟酒不满,客人举杯端视许久,说:"此杯太深,应当截去一段。"主人说:"为什么?"客人说:"上半截盛不得酒,要它有什么用?"

切薄肉

【原文】

主有留客饭,仅用切肉一碗,既削且少。乃作诗以诮之,曰:"君家之刀利且锋,君家之手轻且松。切来片片如纸同,周围披转无二重。推窗忽遇微小风,顿然吹入五云中。忙忙令人觅其踪,已过巫山十二峰。"

【译文】

主人留客吃饭,仅供一碗切肉,既薄又少。客人于是作诗一首讥诮说:"君家之刀利且锋,君家之手轻且松。切来片片如纸同,周围披转无二重。推窗忽遇微小风,顿然吹入五云中。忙忙令人觅其踪,已过巫山十二峰。"

满盘多是

【原文】

客见座上无肴,乃作意谢主人,称其太费。主人曰:"一些菜也没有,何云太费?"客曰:"满座都是。"主人曰:"菜在哪里?"客指盘中曰:"这不是菜,难道是肉不成?"

【译文】

客人见桌子上面没有肉菜,于是故意感谢主人,说其太破费。主人说:"一点菜也没有,怎能说太破费?"客人说:"满桌子都是。"主人说:"菜在哪里?"客人指着空盘子说:"这不是菜,难道是肉不成?"

不见肉

【原文】

一母命子携萝卜一篮往河洗涤,久之不归。母往寻之,但存萝卜,知儿失足坠河,淹死水中,因大哭曰:"我的肉,我的肉,但见萝卜不见肉。"

【译文】

有个妇女让儿子带一篮萝卜到河里去洗,过了很长时间还没回来。母亲到河边去找他,只见到萝卜,知道儿子应是失足掉进河里,被河水淹死,于是痛哭道:"我的肉,我的肉,只见萝卜不见肉。"

啖馄饨

【原文】

一妻病,夫问曰:"想甚吃否?"妻曰:"除非好肉馄饨,想吃一二只。"夫为治一盂,意欲与妻同享,方往取箸回,而妻已众指啖尽,止余其一。夫曰:"何不并啖此枚?"妻攒眉曰:"我若吃得下此只，不害这病了。"

【译文】

妻子病了，丈夫问道："想吃什么？"妻子说："精肉馄饨，想吃一两个。"丈夫做了一盆，打算和妻子一起吃，刚刚取来筷子，妻子已经用手抓着吃完了，只剩下一个馄饨。丈夫说："为何不把这个馄饨也吃了？"妻子紧皱眉头说："我如果吃得下这个，便不会得这个病了。"

好古董

【原文】

一富人酷嗜古董，而不辨真假。或伪以虞舜所造漆碗，周公挞伯禽之杖，与孔子杏坛所坐之席求售，各以千金得之。囊资既空，乃左执虞舜之碗，右持周公之杖，身披孔子之席，而行乞于市中，曰："求赐太公九府钱一文。"

【译文】

有个富人酷爱古董，但不辨真伪。有个人谎称有虞舜时所制的漆碗，周公挞伯禽的手杖和孔子杏坛所坐的席子要卖，富人分别用千金买来。富人所有资财已经抛空，于是左手拿着虞舜之碗，右手挂着周公之杖，身披孔子之席，行乞在街上，说："请赐给太公九府钱一文。"

不奉富

【原文】

千金子骄语人曰:"我富甚,汝何得不奉承?"贫者曰:"汝自多金,干我何与?而奉汝耶?"富者曰:"倘分一半与汝何如?"答曰:"汝五百我五百,我汝等,何奉焉?"又曰:"悉以相送,难道犹不奉我?"答曰:"汝失千金,而我得之,汝又当趋奉我矣。"

【译文】

有个家有千金的富人傲慢地对穷人说:"我十分富有,你为何不奉承我?"穷人说:"你有许多钱,与我有什么相干,而让我奉承你?"富人说:"假如分给你一半钱,你奉承我怎么样?"穷人回答说:"如果那样,你有五百我也有五百,我们有一样多的钱,那么我为什么要奉承你呢?"富人又说:"我把钱全部给你,难道还不能奉承我吗?"穷人回答说:"如果那样,你没有钱,而我却有钱了,你倒是应该尊奉我了。"

穷十万

【原文】

富翁谓贫人曰:"我家富十万矣。"贫人曰:"我亦有十万之蓄,何足为奇。"富翁惊问曰:"汝之十万何在?"贫者曰:"你平素有了不肯用,我要用没得用,与我何异?"

【译文】

富翁对穷人说:"我家有十万财富。"穷人说:"我也有十万的积蓄,有什么好奇怪的。"富翁吃惊地问道:"你的十万在哪里?"穷人说:"你一向有钱不肯用,我想用钱又用不了,你和我有什么区别?"

失 火

【原文】

一穷人正在欢饮,或报以家中失火。其人即将衣帽一整,仍坐云:"不妨,家当尽在身上矣。"或曰:"令正却如何?"答曰:"他怕没人照管?"

【译文】

有个穷人正在外边高兴地喝酒,有人告诉他家里失火了。穷人马上将衣帽整理了一下,仍然坐着不动说:"不怕,家当都在身上呢。"报信儿的人说:"你的妻子怎么办?"穷人回答说:"她还怕没人照管?"

唤 茶

【原文】

一家客至,其夫唤茶不已。妇曰:"终年不买茶叶,茶从何来?"夫曰:"白滚水也罢。"妻曰:"柴没一根,冷水怎得热?"夫骂曰:"狗淫妇!难道枕头里就没有几根稻草?"妻骂曰:"臭王八!那些砖头石块难道是烧得着的?"

【译文】

有户人家来了客人,丈夫不停招呼倒茶。妻子说:"终年不买茶叶,茶从哪来?"丈夫说:"白开水也可以。"妻子说:"柴火没有一根,凉水怎能变热?"丈夫骂道:"狗淫妇,难道枕头里就没有几根稻草?"妻子反骂道:"臭王八,那些砖头石块难道是烧得着的!"

留 茶

【原文】

有留客吃茶者,苦无茶叶,往邻家借之。久而不至,汤滚则溢,以冷水加之。既久,釜且满矣,而茶叶终不得。妻谓夫曰:"茶是吃不成了,不如留他洗个浴罢。"

【译文】

有个人留客人喝茶,因为没有茶叶而发愁,便到邻居家去借。很长时间邻居也没有送来。水开后往外溢,就不断往锅里添加凉水,过了半天,锅里的水已经满了,而茶叶最终也没有送来。妻子对丈夫说:"茶是吃不成了,不如留他洗个澡算了。"

怕 狗

【原文】

客至乏仆,暗借邻家小厮,掇茶至客堂后,逡巡不前,其人厉声曰:"为何不至?"僮曰:"我怕你家这只凶狗。"

【译文】

主人好虚荣、要面子,一天,客人来了,主人暗借邻居家的小孩代替仆人。小孩倒茶后来到客厅,却一直畏缩徘徊,不敢上前,主人大声斥责道:"为何不往前走?"小孩说:"我怕你家这只凶狗。"

鞋袜讦讼

【原文】

一人鞋袜俱破,鞋归咎于袜,袜又归咎于鞋,交相讼之于官。官不能决,乃拘脚跟证之。脚跟曰:"小的一向逐出在外,何由得知?"

【译文】

有个人的鞋子和袜子都破了,鞋子怪罪于袜子,袜子又怪罪于鞋子,二者一起向当官的诉讼。当官的分辨不清,便拘拿脚跟作证,脚跟说:"小的一向被驱逐在外面,怎么能够知道呢?"

被屑挂须

【原文】

贫家盖稿荐,幼儿不知讳,父挞而戒之曰:"后有问者,但云盖被。"一日父见客,面须上带荐草,儿从后呼曰:"爹爹,且除去面上被屑。"

【译文】

有户贫寒人家睡觉盖草帘子,小儿说话不晓得隐讳,父亲打他之后告诫说:"以后如有人问,只能说盖被。"有一天,父亲拜见客人,胡须上面粘着草屑,儿子从后面喊道:"爹爹,快除掉你脸上粘着的被屑吧。"

烧黄熟

【原文】

清客见东翁烧黄熟香,辄掩鼻不闻,以其贱而不屑用也。主人曰:"黄熟虽不佳,还强似府上烧人言木屑。"清客大诧曰:"我舍下何曾烧这两件?"主人曰:"蚊烟是甚么做的。"

【译文】

有个帮闲的门客看见主人烧黄熟,味道很香,总是捂起鼻子不闻,以表示黄熟不值钱而且不值一用。主人说:"黄熟虽不名贵,但强过你家烧的砒霜和木屑。"门客十分惊异地说:"我家什么时候烧过这些?"主人回答说:"蚊烟是什么做的?"

拉银会

【原文】

有人邀友助会，友固怕之不得，乃曰："汝若要我与会，除是跪我。"其人既下跪，乃许之。旁观者曰："些须会银，左右要还他的，如此自屈，吾甚不取。"答曰："我不折本的，他日讨会钱，跪还我的日子正多哩。"

【译文】

有个人邀友助会，友人生怕推拒不了，于是说："你如果要我助会，除非给我下跪。"那人立即跪下，友人才答应了。旁观的人说："只是借些会钱，早晚是要还他的，竟然如此屈身，我是很不赞成的。"那人回答说："我是不赔本的，以后他讨要会钱，为我下跪求我还钱的日子多着呢！"

剩石沙

【原文】

一穷人留客吃饭，其妻因饭少，以鹅卵石衬于添饭之下。及添饭既尽，而石出焉。主人见之愧甚，乃责仆曰："瞎眼奴才，淘米的时节，眼睛生在哪里？这样的大石沙，都不拿来拣出。"

【译文】

有个穷人留客人吃饭，妻子因为饭少，用鹅卵石垫在饭碗的下面。

等到饭碗中的饭快没了，鹅卵石便露了出来。主人见此十分羞愧，便斥责妻子道："瞎眼奴才，淘米的时候，眼睛长在哪里了，这样的大石沙，都不拿出来扔掉。"

饭粘扇

【原文】

一人不见了扇子，骂曰："拿我的扇子去做羹饭。"旁人曰："扇子如何做得羹饭？"其人曰："你不晓得，我的扇子，糊掇许多饭粘在上面。"

【译文】

有个人的扇子不见了，骂道："拿我的扇子去做羹饭。"旁边的人说："扇子怎能做得了羹饭？"那人回答说："你不晓得，我的扇子，糊了许多饭粘在上面。"

借 服

【原文】

有居服制而欲赴喜筵者，借得他人一羊皮袄，素冠而往。人知其有服也，因问尊服是何人的。其人见友问及，以为讥诮其所穿之衣，乃遽视己身，作色而言曰："是我自家的，问他怎么？"

【译文】

有个人正在服丧而要去参加喜筵,借了他人一件羊皮袄,未戴帽子就去了。别人晓得他正在服丧,便问他穿的皮袄是谁的,那人以为是讥诮他穿的衣服,于是看着自己的身体,生气地说道:"是我自己家的,问它干什么?"

酒瓮盛米

【原文】

一穷人积米三四瓮,自谓极富。一日与同伴行市中,闻路人语曰:"今岁收米不多,止得三千余石。"穷人谓其伴曰:"你听这人说谎,不信他一分人家,有这许多酒瓮。"

【译文】

有个穷人积存粮食三四瓮,自以为十分富有。有一天与同伴走在街市上,听路人说:"今年收米不多,只获得三千余石。"穷人对其同伴说:"你听这人多能说谎,不信他一户人家,有那么多的酒瓮。"

遇 偷

【原文】

　　偷儿入贫家，遍摸无一物，乃唾地开门而去。贫者床上见之，唤曰："贼，有慢了，可为我关好了门去。"偷儿曰："你这样人家，亏你还叫我贼。我且问你，你的门关他做甚么。"

【译文】

　　小偷进入一户贫寒人家，到处寻摸，没有一物，于是唾了一口便开门而去。穷人在床上见此，招呼道："贼，有所怠慢了，为我关好了门再离开。"小偷回答道："你这样的人家，亏你还叫我贼。我倒要问你，你的门关它干什么用？"

羞 见 贼

【原文】

　　贼穿窬往窃一家，见主人向外而睡，忽转朝里。贼疑其素有相识，欲遁去。其人大呼曰："来，不妨，因我家乏物可敬，无颜见你罗。"

【译文】

　　有个小偷到一家去行窃，见主人面对外而睡，突然又转身向里，

小偷怀疑主人可能平时认识自己,打算赶快逃走。主人大声喊道:"来,没事,因为我家缺少东西敬送,没脸见你喽!"

借债

【原文】

有持券借债者,主人曰:"券倒不须写,只画一幅行乐图来。"借者问其故,答曰:"怕我日后讨债时,便不是这副面孔耳。"

【译文】

有个人拿着借据向人借债,主人说:"借据倒不用写,只需画一幅行乐图来。"借债的人问其缘故,主人回答说:"怕我日后讨债时,便不是这副面孔了。"

变爷

【原文】

一贫人生前负债极多,死见冥王,王命鬼判查其履历,乃惯赖人债者,来世罚去变成犬马,以偿前欠。贫者禀曰:"犬马之报,所偿有限,除非变了他们的亲爷,方可还得。"王问何故,答曰:"做了他家的爷,尽力去挣,挣得论千论万,少不得都是他们的。"

【译文】

　　有个穷人生前欠债极多,死后见到冥王,冥王让鬼判查清其履历,经查该人乃是一贯赖人债的,于是冥王判他转世变成犬马,以偿还前世所欠。穷人陈述说:"犬马所能偿还的实在有限,除非变为他们的亲爹,才能偿还得了。"冥王问其原因,穷人回答说:"做了他家的亲爹,挣得成千上万,少不得都是他们的。"

梦还债

【原文】

　　欠债者谓讨债者曰:"我命不久矣。昨夜梦见身死。"讨债者曰:"阴阳相反,梦死反得生也。"欠债者曰:"还有一梦。"问曰:"何梦?"曰:"梦见还了你的债。"

【译文】

　　欠债人对讨债人说:"我命已不长了,昨天夜里梦见死了。"讨债人说:"阴阳相反,梦见死反是活。"欠债人说:"还有一梦。"讨债人说:"什么梦?"欠债人说:"梦见还了你的钱。"

坐椅子

【原文】

　　一家索债人多,椅凳俱坐满,更有坐槛上者。主人私谓坐槛者云:"足下明日早些来。"那人意其先完己事，乃大喜，遂扬言以散众人。次早黎明即往，叩其相约之意。答曰："昨日有亵坐槛，甚是不安。今日早来，可先占把交椅。"

【译文】

有户人家讨债的人很多，椅凳都坐满了，还有坐在门槛上的。主人悄悄地对坐在门槛的人说："你明天早些来。"那人以为先要还他的债，十分高兴，于是劝说他人全部散去。那人第二天黎明时马上前往，述说前日相约之意。欠债人说："昨天有所亵渎，让你坐了门槛，很是不安，今天让你早来，可先占把交椅。"

扛欠户

【原文】

有欠债屡索不还者，主人怒，命仆辈潜伺其出，以扛之而归。至中途，仆暂歇息，其人曰："快走吧，歇在这里，又被别人扛去，不关我事。"

【译文】

有个欠债的，讨债人屡次索要不还，讨债人十分愤怒，让仆人们暗中看他外出时，把他家东西扛回来。仆人们扛着东西返回，行到中途，暂时歇息，遇到欠债人，欠债人说："快走吧，歇在这里，如果又被别人扛去，可不关我的事。"

拘债精

【原文】

冥王命拘蔡青,鬼卒误听,以为勾债精也,遂摄一欠债者到案。王询之,知其谬,命鬼卒放回。债精曰:"其实不愿回去。阳间无处藏身,正要借此处一躲。"

【译文】

冥王命令拘捕蔡青,鬼卒听错了,以为是拘拿债精,于是拘捕来一个欠债的人到案。冥王询问后知道拘捕错了,让鬼卒把他放回去。欠债人说:"我其实不愿回去。人间没有地方藏身,正好借此来躲一躲。"

摆海干

【原文】

一人专好放生,龙王感之,命夜叉赠一宝钱,嘱曰:"此钱名为摆海干,叫他把此钱在海中一摆,海水即干,任将金银宝贝拿去。"夜叉传命付讫。其人日日拿钱去摆,遂成大富。后把此钱失去,贪心未足,只将空手海上去摆。一日撞着夜叉,夜叉曰:"你手内钱都没了,还有何脸面在此摆什么?"

【译文】

有个人专门喜好放生,龙王被他的行为所感动,让夜叉赠给他一枚宝钱,嘱咐说:"这枚宝钱名叫摆海干,叫那人把此钱在海里一摆,海水即干,可任意将金钱财宝拿去。"夜叉依言把宝钱送给了那人。该人得此宝钱后,每天拿宝钱去摆,很快成了大富翁。后来他把宝钱丢了,但贪心难以满足,仍然用空手到海边去摆。有一天该人撞到夜叉,夜叉说:"你手里的宝钱都没了,还有什么脸面在这里摆?"

搬是非

【原文】

寺中塑三教像:先儒,次释,后道。道士见之,即移老君于中。僧见,又移释迦于中。士见,仍移孔子于中。三圣自相谓曰:"我们原是好好的,却被这些小人搬来搬去搬坏了。"

【译文】

寺庙里塑有三教的圣像:先是儒教圣像,其次是佛教圣像,后是道教圣像。道士见了,马上将老君移到中位;和尚见了,又将释迦牟尼移到中位;读书人见了,又将孔子移到中位。三位圣人自相说道:"我们原是好好的,却被这些小人搬来搬去,搬坏了。"

丈 人

【原文】

有以岳丈之力得中魁选者。或为语嘲之曰："孔门弟子入试,临揭晓。闻报子张第九,众曰：'他一貌堂堂,果有好处。'又报子路第十三,众曰：'这粗人到也中得高,还亏他这阵气魄好。'又报颜渊第十二,众曰：'他学问最好,屈了他些。'又报云冶长第五,大家骇曰：'那人平时不见怎的,为何倒中在前？'一人曰：'他全亏有人扶持,所以高掇。'问：'谁扶持他？'曰：'丈人。'"

【译文】

有个人凭借岳父之力得以中魁。有人编了一套话讥讽说："孔门弟子入试,临到揭晓,闻报子张排名第九,众人说：'他相貌堂堂,果然有好的位次。'又报子路排名第十三,众人说：'这粗人倒也中得高,全靠他这阵子神气好。'又报颜渊排名第十二,众人说：'他学问最好,屈了他些。'又报说冶长排名第五,大家吃惊地说：'那人平时不怎么样,为什么倒中在前面？'其中有个人说：'他全亏有人扶持,所以高中。'众人问：'谁扶持他？'那人回答：'丈人。'"

大 爷

【原文】

一人牵牛而行,喝人让路不听,乃云："看

你家爷来。"一人回视曰："难道我家有这样一个大爷？"

【译文】

有个人牵着牛走在路上，喊前面的人让路他们不听，于是便说："看你家的大爷来了。"其中一个回过头看着牛说："难道我家里有这样一个大爷吗？"

苏杭同席

【原文】

苏杭同席，杭人单吃枣子，而苏人单食橄榄。杭问苏曰："橄榄有何好处？而兄爱吃他。"曰："回味最佳。"杭人曰："等你回味好，我已甜过半日了。"

【译文】

苏、杭二人同席，杭州人只吃枣子，而苏州人只吃橄榄。杭州人问苏州人说："橄榄有什么好的？可是你偏爱吃它。"苏州人说："回味最佳。"杭州人说："等你回味好了，我已经甜过半天了。"

狗衔锭

【原文】

狗衔一银锭而飞走，人以肉喂他不放，又以衣罩去，复又走脱。人谓狗曰："畜生，你直恁不舍，既不爱吃，复不好穿，死命要这银子何用？"

【译文】

有一只狗叼起一块银锭便狂奔起来，人用肉喂它仍然不松口，随即又用衣服罩上去，狗又甩掉。人对狗说："畜生，你怎么那样舍不得，既不好吃，又不好穿，不要命地要这银子有什么用？"

不停当

【原文】

有开当者，本钱甚少。写一"停"字，言停当也。及后赎者再来，本钱复至，又于"停"字之上，加一"不"字。人见之曰："我看你这典铺中实实有些不停当了。"

【译文】

有个开当铺的，本钱很少。开业第一个月，在招牌上写一个"当"字。没多长时间，本钱发没了，取赎人不来，于是在"当"之上，又加上一个"停"字，是说"停当"了。等到后来，当物人取赎，又有了本钱，便在"停当"前加上一个"不"字。人们见了说："我看你这当铺实实在在有些不停当了。"

十只脚

【原文】

关吏缺课,凡空身人过关,亦要纳税,若生十只脚者免。初一人过关无钞,曰:"我浙江龙游人也。龙是四脚,牛是四脚,人两脚,岂非十脚?"许之。又一人求免税曰:"我乃蟹客也。蟹八脚,我两脚,岂非十脚?"亦免之。末后一徽商过关,竟不纳税,关吏怒欲责之。答曰:"小的虽是两脚,其实身上之脚还有八只。"官问:"哪里?"答曰:"小的徽人,叫做徽獭猫,猫是四脚,獭又四脚,小的两脚,岂不共是十只脚?"

【译文】

关吏缺钱了,凡是空手人过关,也要纳税,除非长十只脚的人才可免税。开始时,有个人过关没钱,说:"我是浙江龙游人。龙是四只脚,牛是四只脚,人两只脚,难道不是十只脚吗?"关吏允许他过了关。又有一人请求免税,说:"我是蟹客。蟹是八只脚,我是两只脚,难道不是十只脚吗?"关吏一听也免了他的税。最后一个徽商过关,竟然也不想纳税,关吏大怒,要打他,那人回答说:"小人我虽然是两只脚,其实身上的脚还有八只。"关吏问:"在哪里?"那人回答说:"小的徽人,叫作徽獭猫,猫是四只脚,獭是四只脚,小的两只脚,岂不是一共十只脚?"

有钱夸口

【原文】

一人迷路,遇一哑子,问之不答,唯以手作钱样,示以得钱,方肯指引。此人喻其意,即以数钱与之。哑子乃开口指明去路,其人问曰:"为甚无钱装哑?"哑曰:"如今世界,有了钱,便会说话耳!"

【译文】

有个人迷了路,遇到一个"哑巴",问而不答,"哑巴"只用手比画钱的模样,示意要给钱,才肯指引。迷路人明白其意思,马上拿出数钱给了"哑巴"。"哑巴"于是开口指明去路,迷路人问道:"为什么装哑?""哑巴"说:"如今这世道,有了钱,便会说话。"

古今三绝

【原文】

一家门首,来往人屙溺,秽气难闻。因拒之不得,乃画一龟于墙上,题云:"在此溺尿者,即是此物。"一恶少见之,问曰:"此是谁的手笔?"画者任之,恶少曰:"宋徽宗、赵子昂与吾兄三人,共垂不朽矣。"画

者询其故，答曰："宋徽宗的鹰，赵子昂的马，兄这样乌龟，可称古今三绝。"

【译文】

有家门口，过往行人总往那里撒尿，秽气难闻。主人没有办法阻拦，于是在墙上画了一只乌龟，并题字道："在此溺尿者，即是此物。"有个恶少看见了，问道："这是谁的手笔？"主人承认是自己画的，恶少说："宋徽宗、赵子昂与你三个人，可以共垂不朽了。"主人询问其缘故，恶少回答说："宋徽宗的鹰、赵子昂的马、你这样的乌龟，可称古今三绝。"

猫逐鼠

【原文】

昔有一猫擒鼠，赶入瓶内，猫不舍，犹在瓶边守候。鼠畏甚，不敢出，猫忽打一喷嚏，鼠在瓶中曰："大吉利。"猫曰："不相干，凭你奉承得我好，只是要吃你哩！"

【译文】

从前，有只猫抓老鼠，把老鼠赶进瓶里，猫不肯舍弃，便在瓶子旁边看守。老鼠十分害怕，不敢出来。猫忽然打了一个喷嚏，老鼠在瓶子里说："十分吉利。"猫说："不相干，任凭你奉承得我再好也没用，我只是要吃你哩！"

祝　寿

【原文】

猫与耗鼠庆生，安坐洞口，鼠不敢出，忽在内打一喷嚏。猫祝曰："寿年千岁！"群鼠曰："他如此恭敬，何妨一见。"鼠曰："他何尝真心来祝寿罗，骗我出去，正要狠嚼我哩！"

【译文】

猫给老鼠庆祝生日，守在老鼠洞口。老鼠不敢出来，忽然在洞里打了一个喷嚏，猫祝贺说："祝你们福寿千岁！"群鼠说："猫如此恭敬，何妨出去相见。"其中有只老鼠说："它何尝是真心祝寿，它骗我们出去，正是要狠狠咀嚼我们哩！"

心　狠

【原文】

一人戏将数珠挂猫项间，群鼠私相贺曰："猫老官已持斋念佛，定然不吃我们的了。"遂欢跃于庭。猫一见，连哺数个，众鼠奔走，背地语曰："吾等以他念佛慈心了，原来是假意修行。"一答曰："你不知，于今世上修行念佛的，比寻常人心肠更狠十倍。"

【译文】

有个人开玩笑，将数个珠子挂在猫脖子上，群鼠暗地里互相祝贺说："猫老官已经吃斋念佛，一定不吃我们了。"于是在庭院欢腾跳跃，猫看见了，接连捕吃数个，众老鼠狂奔逃跑，背地里说道："我们以为它念佛有慈善之心了，原来是假意修行。"其中一只老鼠回答说："你们不晓得，当今世上修行念佛的，最为狠毒，比平常人的心要狠十倍。"

嘲恶毒

【原文】

蜂与蛇结盟，蜂云："我欲同你上江一游。"蛇曰："可。你须伏在我背间。"行到江中，蛇已无力，或沉或浮，蜂疑蛇害己，将尾刺钉紧在蛇背上。蛇负疼骂曰："人说我的口毒，谁知你的屁股更毒。"

【译文】

蜂与蛇结盟。蜂说："我想同你到江里一游。"蛇说："可以，你必须趴在我背上。"行到江中，蛇已没了力气，时沉时浮。蜂怀疑蛇要害自己，将毒刺紧叮在蛇背上。蛇十分疼痛，骂道："人说我的口毒，谁知你的屁股更毒！"

笑话一担

【原文】

秀才年将七十，忽生一子，因有年纪而生，即名年纪。未几又生一子，似可读书，命名学问。

次年又生一子，笑曰："如此老年，还要生儿，真笑话也。"因名曰笑话。三人年长无事，俱命入山打柴，及归，夫问曰："三子之柴孰多？"妻曰："年纪有了一把，学问一些也无，笑话倒有一担。"

【译文】

有个秀才年近七十，突然生了一个儿子，因为年岁已高才生了儿子，就取名为"年纪"。过了不久，又生了一个儿子，看模样像个读书的，便取名为"学问"，第三年又生了一个儿子，秀才笑道："这样大的岁数了，还能得子，真是笑话。"于是取名为"笑话"。三个儿子长大后无事可做，秀才让他们都去进山打柴。等到回来，丈夫问妻子说："三个人谁打的柴多？"妻子说："年纪有了一把，学问一点没有，笑话却是有一担。"

取笑

【原文】

甲乙同行，甲望见显者冠盖，谓乙曰："此吾好友，见必下车，我当引避。"不愿见避入显者之门，显者既入门，诧曰："是何人撞？匿我门内。"呼童挞而逐之。乙问曰:"既是好友,何见殴辱?"答曰:"他从来是这般,与我取笑惯的。"

【译文】

甲乙二人同行,甲望见一个显贵人(有势力的人)的车乘,对乙说:"这是我的好友,他见我必定下车,我应该回避。"不想竟躲避到那个显者贵人的家里。显贵人进门,惊诧说:"是何人撞进来,藏在我的院子里?"于是呼喊仆人揍他并把他驱赶了出来。乙问道:"既然是好友,为什么被他殴打侮辱?"甲回答说:"他从来都是这样,和我取笑惯了。"

吃橄榄

【原文】

乡人入城赴酌,宴席内有橄榄焉。乡人取啖,涩而无味,因问同席者曰:"此是何物?"同席者以其村气,鄙之曰:"俗。"乡人以"俗"为名,遂牢记之,归谓人曰:"我今日在城尝奇物,叫名'俗'。"众未信,其人乃张口呵气曰:"你们不信,现今满口都是俗气哩。"

【译文】

有个农夫进城赴宴,宴席中有橄榄。农夫吃橄榄,既涩嘴又不好吃,于是问同席的人说:"这是什么东西?"同席的人认为他粗俗,鄙视说:"俗。"农夫以为"俗"是橄榄名,便牢记在心,回家后对人说:"我今天在城里吃了十分奇特的东西,名叫'俗'。"大家听了不相信,农夫便张口呵气说:"你们不信,现在我满嘴都是俗气哩。"

避首席

【原文】

有病疯疾者,延医调治,医辞不肯用药。病者曰:"我亦自知难医,但要服些生痰动气的药,改作痨、膨二症。"医曰:"疯、痨、膨、膈,同是不起之症,缘何要改?"病者曰:"我闻得疯、痨、膨、膈,乃是阎罗王的上客。我生平怕坐首席,所以挪在第二第三。"

【译文】

有个人患了疯疾,请医调治,医生推辞不肯用药。病人说:"我也晓得难医,但希望吃些生痰动气的药,改作痨、膨二症。"医生说:"疯、痨、膨、膈,同是治不好的病,为何要改?"病人说:"我听说疯、痨、膨、膈,是阎王的上客,我生平怕坐首席,所以想要挪在第二、第三。"

看镜

【原文】

有出外生理者,妻要捎买梳子,嘱其带回。夫问其状,妻指新月示之。夫货毕,忽忆妻语,因看月轮正满,遂依样买了镜子一面带归。妻照之骂曰:"梳子不买,如何反娶一妾回来?"两下争闹,母闻之往劝,忽见镜,照云:"我儿有心费钱,如何讨恁个年老婆儿?"互相埋怨遂至讦讼。官差往拘之,差见镜,慌云:"才得出牌,如何就出添差来捉违限?"及审,置镜于案,官照见大怒云:"夫妻不和事,何必央请乡官来讲分上?"

【译文】

有个人出外经商,其妻让他买把梳子回来。丈夫问梳子是什么形状,妻子指着月牙说:"和月亮形状一样。"丈夫卖完货物,突然想起妻子的话,便抬头看月亮,当时月亮正圆,于是按照月亮的样子买了一面镜子带回来。妻子拿起镜子一看大骂道:"梳子不买,为何反倒娶了一个小老婆?"夫妻争吵不休,母亲过来劝解,突然见到镜子,照后说:"我儿有心花钱讨小老婆,为何讨个老太婆?"三人互相埋怨告到官府。当官的派衙役去捉拿到案,衙役见到镜子,惊慌地说:"才出来去捉人,为何又派人来捉我?"等到审案时,衙役把镜子放在案桌上,当官的照见后大怒说:"夫妻不和之事,何必请地方官来说情。"

谢 赏

【原文】

一官坐堂,偶撒一屁,自说"爽利"二字。众吏不知。误听以为赏吏,冀得欢心,争跪禀曰:"谢老爷赏!"

【译文】

　　一官坐堂，偶然放了一个屁，自言自语地说了"爽利"二字。众差役不明白，误听以为"赏吏"，极为欢喜，争相跪下喊道："谢老爷赏赐！"

不 识 货

【原文】

　　有徽人开典而不识货者，一人以单皮鼓一面来当。喝云："皮锣一面，当银五分。"有以笙来当者，云："斑竹酒壶一把，当银三分。"有当笛者，云："丝缉火筒一根，当银一分。"后有持了马片来当者，喝云："虎狸斑汗巾一条。当银一分。"小郎曰："这物要他何用？"答云："若还不赎，留他抹抹嘴也好。"

【译文】

　　有个安徽人开当铺，但不识货。有个人拿一面单皮鼓来当，老板喝道："皮器一面，当银五分。"又有一个拿笙来当，老板喊道："斑竹酒壶一把，当银三分。"有个人拿笛子来当，老板喊："丝缉火筒一根，当银一分。"后来一个人拿了一条合房用的手巾来当，老板喊道："虎狸斑汗巾一条，当银一分。"小伙计说："这东西要它干什么？"老板回答道："如不赎回，留下它抹抹嘴也好。"

外太公

【原文】

有教小儿,以"大"字者,次日写"太"字问之。儿仍曰:"大字。"因教之曰:"中多一点,乃太公的太字也。"明日写"犬"字问之,儿曰:"太公的太字。"师曰:"今番点在外,如何还是太字?"儿即应曰:"这样说,便是外太公了。"

【译文】

老师教学生认字,先教"大"字,第二天写一个"太"字相问,学生仍念"大"字。接着老师教学生说:"大字里边多一点,是太公的'太'字。"又过了一天,老师写"犬"字相问,学生说:"太公的'太'字。"老师说:"现在点在外面,怎么还是'太'字?"学生接口说:"这样说,便是外太公了。"

床榻

【原文】

有卖床榻者一日夫出,命妇守店。一人来买床,价少,银水又低,争值良久,勉强售之。次日,复来买榻,妇曰:"这人不知好歹,昨日床上讨尽我的便宜，今日榻上又想要讨我的便宜了。"

【译文】

　　有户人家卖床、榻（狭长而较矮的床）。有一天，丈夫外出，让妻子看守店铺。一人来买床，出价很少，讨价很久，妻子勉强卖给了他。第二天，那人又来买榻。妻子说："这人实在不知好歹，昨天在床上讨尽我的便宜，今日在榻上又想讨我的便宜了！"

出　丑

【原文】

　　有屠牛者，过宰猪者之家，其子欲讳宰猪二字，回云："家尊出亥去了。"屠牛者归，对子述之，称赞不已，子亦领悟。次日屠猪者至，其子亦回云："家父往外出丑去了。"问："几时归？"答曰："出尽丑自然回来了。"

【译文】

　　宰牛人经过一户宰猪人家，问主人在家吗，其儿子想要避讳"宰猪"二字，便回答说："父亲出亥（杀猪）去了。"宰牛人回到家里，对儿子讲述宰猪人儿子所说的话，称赞不已。儿子领悟，第二天宰猪人来了，其儿子也回答说："家父往外出丑（杀牛）去了。"宰猪人问："什么时候回来？"儿子回答说："出尽丑自然就回来了。"

整嫂裙

【原文】

一嫂前行,而裙夹于臀缝内者,叔从后拽整之。嫂顾见,疑其调戏也,遂大怒。叔躬身曰:"嫂嫂请息怒,待愚叔依旧与你塞进去,你再夹紧何如?"

【译文】

嫂子走在前面,裙子夹在屁股沟里,小叔子从后面把裙子拽出来。嫂子回头一看,以为是小叔子调戏她,十分恼怒。小叔子躬身说:"嫂嫂请息怒,待我仍照旧给你塞进去,你再夹紧怎么样?"

戏嫂臂

【原文】

兄患病献神,嫂收祭物,叔将嫂臂暗捏一把。嫂怒云:"看你肥肉吃得几块?"兄在床上听见,叫声:"兄弟没正经,你嫂嫂要留来结识人头的,大家省口出客罢。"

【译文】

哥哥患病打算祭神,嫂子拾掇祭物,小叔子将嫂子的胳膊偷偷地捏了一把。嫂子恼怒说:"看你能吃几块肥肉!"哥哥在床上听见,叫道:"兄弟太没正事,你嫂子要留下招待客人的,家里人省着点吃吧!"

书 目

001. 山海经
002. 诗经
003. 老子
004. 庄子
005. 孟子
006. 列子
007. 墨子
008. 荀子
009. 韩非子
010. 淮南子
011. 鬼谷子
012. 素书
013. 论语
014. 五经
015. 四书
016. 文心雕龙
017. 说文解字
018. 史记
019. 战国策
020. 三国志
021. 贞观政要
022. 资治通鉴
023. 楚辞经典
024. 汉赋经典
025. 唐诗
026. 宋词
027. 元曲
028. 李白·杜甫诗
029. 千家诗
030. 苏东坡·辛弃疾词
031. 柳永·李清照词
032. 最美的词
033. 红楼梦诗词
034. 人间词话
035. 唐宋八大家散文
036. 古文观止
037. 忠经
038. 孝经
039. 孔子家语
040. 朱子家训
041. 颜氏家训
042. 六韬
043. 三略
044. 三十六计
045. 孙子兵法
046. 诸葛亮兵法
047. 菜根谭
048. 围炉夜话
049. 小窗幽记
050. 冰鉴
051. 诸子百家哲理寓言
052. 梦溪笔谈
053. 徐霞客游记
054. 天工开物
055. 西厢记
056. 牡丹亭
057. 长生殿
058. 桃花扇

- 059. 喻世明言
- 060. 警世通言
- 061. 醒世恒言
- 062. 初刻拍案惊奇
- 063. 二刻拍案惊奇
- 064. 世说新语
- 065. 容斋随笔
- 066. 太平广记
- 067. 包公案
- 068. 彭公案
- 069. 聊斋
- 070. 老残游记
- 071. 笑林广记
- 072. 孽海花
- 073. 三字经
- 074. 百家姓
- 075. 千字文
- 076. 弟子规
- 077. 幼学琼林
- 078. 声律启蒙
- 079. 笠翁对韵
- 080. 增广贤文
- 081. 格言联璧
- 082. 龙文鞭影
- 083. 成语故事
- 084. 中华上下五千年·春秋战国
- 085. 中华上下五千年·夏商周
- 086. 中华上下五千年·秦汉
- 087. 中华上下五千年·三国两晋
- 088. 中华上下五千年·隋唐
- 089. 中华上下五千年·宋元
- 090. 中华上下五千年·明清
- 091. 中国历史年表
- 092. 快读二十四史
- 093. 呐喊
- 094. 彷徨
- 095. 朝花夕拾
- 096. 野草集
- 097. 朱自清散文
- 098. 徐志摩的诗
- 099. 少年中国说
- 100. 飞鸟集
- 101. 新月集
- 102. 园丁集
- 103. 宽容
- 104. 人类的故事
- 105. 沉思录
- 106. 瓦尔登湖
- 107. 蒙田美文
- 108. 培根论说文集
- 109. 假如给我三天光明
- 110. 希腊神话
- 111. 罗马神话
- 112. 卡耐基人性的弱点
- 113. 卡耐基人性的优点
- 114. 跟卡耐基学当众讲话
- 115. 跟卡耐基学人际交往
- 116. 跟卡耐基学商务礼仪
- 117. 致加西亚的信
- 118. 智慧书
- 119. 心灵甘泉
- 120. 财富的密码

121. 青年女性要懂的人生道理
122. 礼仪资本
123. 优雅—格调
124. 优雅—妆容
125. 一分钟口才训练
126. 一分钟习惯培养
127. 每天进步一点点
128. 备受欢迎的说话方式
129. 低调做人的艺术
130. 影响一生的财商
131. 在逆境中成功的14种思路
132. 我能：最大化自己的8种方法
133. 思路决定出路
134. 细节决定成败
135. 情商决定命运
136. 性格决定命运
137. 责任胜于能力
138. 受益一生的职场寓言
139. 让你与众不同的8种职场素质
140. 锻造你的核心竞争力：保证完成任务
141. 和孩子这样说话很有效
142. 千万别和孩子这样说
143. 开发大脑的经典思维游戏
144. 老子的智慧
145. 三十六计的智慧
146. 孙子兵法的智慧
147. 汉字
148. 姓氏
149. 茶道
150. 四库全书

151. 中华句典
152. 奇趣楹联
153. 中国绘画
154. 中华书法
155. 中国建筑
156. 中国国家地理
157. 中国文明考古
158. 中国文化与自然遗产
159. 中国文化常识
160. 世界文化常识
161. 世界文化与自然遗产
162. 西洋建筑
163. 西洋绘画
164. 失落的文明
165. 罗马文明
166. 希腊文明
167. 古埃及文明
168. 玛雅文明
169. 印度文明
170. 巴比伦文明
171. 世界上下五千年
172. 人类未解之谜（中国卷）
173. 人类未解之谜（世界卷）
174. 人类神秘现象（中国卷）
175. 人类神秘现象（世界卷）